노빈손의 아마존 어드벤처

KB191819

노빈손의 아마존 어드벤처

초판 1쇄 발행 2000년 8월 1일
　　37쇄 발행 2020년 12월 7일

지은이 박경수
일러스트 이우일
펴낸이 고영은 박미숙

펴낸곳 뜨인돌출판(주) ｜ 출판등록 1994.10.11.(제406-251002011000185호)
주소 10881 경기도 파주시 회동길 337-9
홈페이지 www.ddstone.com ｜ 블로그 blog.naver.com/ddstone1994
페이스북 www.facebook.com/ddstone1994 ｜ 노빈손 www.nobinson.com
대표전화 02-337-5252 ｜ 팩스 031-947-5868

ISBN 978-89-5807-187-7 03810

이 도서의 국립중앙도서관 출판예정도서목록(CIP)은 서지정보유통지원시스템 홈페이지
(http://seoji.nl.go.kr)와 국가자료종합목록 구축시스템(http://kolis-net.nl.go.kr)에서
이용하실 수 있습니다. (CIP제어번호 : CIP2010003727)

어린이제품안전특별법에 의한 제품표시
제조자명 뜨인돌 제조국명 대한민국 **사용연령** 만 8세 이상

노빈손의 아마존 어드벤처

뜨인돌

아마존은 인류의 보물창고다. 거기엔 세상에서 가장 풍부한 물이 있고, 세상에서 가장 많은 나무가 있다. 그리고 세상에서 가장 신선한 공기가 있다. 아마존이 없었다면 지구는 절대 '초록별'이라는 아름다운 이름을 얻지 못했을 것이다.

아마존은 또한 생태계의 보물창고다. 거기엔 지구에서 가장 오래된 동물이 있고, 가장 큰 파충류와 곤충이 있으며, 가장 많은 물고기와 새들이 있다. 정글이 잎과 가지로 뒤덮인 한 그루의 나무라면 우리가 알고 있는 건 그 중 작은 잎새 몇 개에 지나지 않는다.

아마존은 상상력의 보물창고이기도 하다. 천지창조의 내력, 인간으로 변하는 돌고래, 강과 바다를 넘나드는 인어, 어둠을 지배하는 검은 맹수, 그리고 반인반수의 무서운 괴물……. 인간이 상상할 수 있는 모든 이야기들을 품고 있는 환상과 신비의 땅이 바로 아마존이다.

하지만 아마존은 언젠가부터 심각한 위기에 빠져 버렸다. 보물을 퍼가는 사람만 있고 지키는 사람이 없었기 때문이다. 보호하고 관리하지 않는데도 늘 똑같은 양의 보물을 제공하는 창고는 세상에 없다. 오늘날 아마존의 강과 정글이 앓고 있는 몸살은 창고지기의 임무를 게을리 한 우리들 모두의 책임이다.

노빈손은 정글을 누비며 많은 것을 배우고 경험한다. 아마존의 수많은 보물들―동물 · 식물 · 자연현상 · 전설―이 탐험의 재료가 되고 모험의 대상이 된다. 하지만 그 유쾌한 모험의 언저리엔 하나의 커다란 안타까움이 존재하고 있다. 무너지는 아마존, 그리고 다가오는 재앙.

그 안타까움은 아마존에만 해당되는 건 아니다. 동식물의 이름만 조금 바꾸면 그건 곧바로 아프리카의 비극이 되고, 남극의 시련이 되고, 아시아의 고통이 된다. 그리고 한국의 이야기가 된다. 우리 주변의 숲과 강에서도 아마존과 똑같은 일들이 일어나고 있기 때문이다.

녹색의 천국 아마존에서 지구의 비극을 확인하는 것은 슬픈 일이다. 하지만 비극을 극복하는 힘은 바로 그 슬픔에서 시작된다. 우리 모두가 그 슬픔을 똑같은 무게로 짊어졌을 때, 지구는 비로소 아픔을 딛고 예전의 푸르름을 회복할 수 있을 것이다.

아마존을 탐험하면서 노빈손은 학교에서 배우지 못했던 소중한 것들을 많이 배웠다. 독자들 역시 이 책을 통해 노빈손과 똑같은 깨달음을 얻기 바란다.

종이를 제공한 나무들의 희생 앞에
부끄럽지 않은 책이 되길 바라며……
2000년 여름 광화문에서

차례

아마존의 전설

아득한 옛날, 하늘도 땅도 없이 모든 것이 하나로 뭉쳐 있던 카오스 (혼돈) 상태에서 하늘의 신 우라누스와 대지의 여신 가이아가 태어났다. 신들의 제왕 제우스의 할머니 뻘인 가이아는 인간에게 신의 지혜를 전해 주기 위해 용맹무쌍한 여전사 부족을 몸소 창조했다. 그 부족의 이름은 아마존(Amazon)이었다.

아마존의 여전사들은 1년에 한 번 축제를 열어 이웃부족의 남자들을 불러들인 다음 그들과의 사이에서 자식을 낳았다. 태어난 아이가 사내아이면 즉시 아버지에게 보내 버렸고, 여자아이면 용감한 전사로 키웠다. 그리고 활을 쏠 때 거치적거리지 않도록 아이들의 오른쪽 젖가슴을 미리 잘라냈다. '아마존'이라는 말은 고대 그리스어로 '가슴이 없다'는 뜻이다.

아마존의 위대한 여왕 히폴리테는 제우스의 아들인 헤라클레스에게 비극적인 죽음을 당했다. 히폴리테의 뒤를 이어 여왕이 된 안티오페는 아테네의 왕자 테세우스에게 납치되었다. 트로이 전쟁에 전사들을 이끌고 참전했던 펜테실레이아 여왕은 그리스의 맹장 아킬레우스에게 목숨

을 잃고 말았다. 거듭된 비극으로 인해 아마존의 힘은 쇠퇴했고 결국은 영토마저 잃었지만, 사람들은 여인왕국이 어딘가에 여전히 존재하고 있으리라고 믿었다. 역사의 아버지 헤로도투스도, 아메리고 베스푸치도, 그리고 콜럼버스도.

16세기 중반, 전설적인 황금의 땅 엘도라도를 찾아나선 스페인의 탐험가 오레야나는 남아메리카의 거대한 강기슭에서 정체 모를 여전사들의 공격을 받고 치열한 전투를 벌였다. 그는 상대가 전설 속의 여인부족인 아마존이라고 생각했고, 그 강에 '아마존'이라는 이름을 붙이게 된다. 기원전 9세기에 호메로스가 처음 아마존에 대한 얘기를 남긴 이후 2천5백 년 만의 일이었다.

그리고 다시 5백여 년 뒤인 서기 2천 년. 우리의 주인공 노빈손이 신비의 땅 아마존에서 여인부족의 멸망과 부활을 둘러싼 흥미진진한 모험에 도전한다. 무인도에서의 구사일생에 이어 이번에는 정글 속을 누비는 장난꾸러기 신세대 노빈손. 손에 땀을 쥐게 하는 그의 두 번째 무용담이 이제 시작된다.

1

7월 1일 김포공항

"9시에 출발하는 페루행 비행기의 승객들께서는 즉시 탑
승하여 주시기 바랍니다."

스피커에서 흘러나오는 안내방송을 들으며 노빈손은 힐
끗 손목시계를 들여다보았다. 여자친구 말숙이가 사준 패
션시계가 8시 40분을 가리키고 있었다. 이제 잠시 후면 그
토록 가고 싶었던 페루의 나스카 유적지를 향해 떠나게 된
다.

얼마 전에 TV에서 나스카 유적에 관한 방송을 본 뒤부

터 노빈손은 여름방학 때 거기에 보내 달라고 하루에도 열
두 번씩 엄마를 졸라댔다. 외계인이 만들었을지도 모른다
는 그 거대한 그림들을 직접 눈으로 보지 않으면 당장 불치
병에 걸려 쓰러질 것 같았기 때문이다.

"엄마! 제발 좀 보내줘요."

"시끄러! 두 번 다시 비행기 탈 생각은 하지도 말어."

"안 보내주면 확 굶어 버릴 거예요."

"잘됐네. 쌀값도 비싼데."

"너무해요. 아들이 굶는다는데…… 정말 우리 엄마 맞아
요?"

"그렇게 궁금하면 느이 아부지한테 물어봐라."

"아버지, 알죠? 나 누구예요?"

"허허, 또 시작이네. 나도 잘 몰라."

처음엔 결사반대하던 엄마는 노빈손이 단식투쟁을 벌여
서 배가 등가죽에 붙을 지경이 되자 결국 두 손을 들고 말
았다. 그리고 용하다는 점쟁이들을 일곱 명이나 찾아다니
며 상의한 끝에 여행 날짜를 7월 1일로 결정했다. 지난번
처럼 또 비행기가 추락해서 무인도에 떨어질까봐 잔뜩 걱
정이 됐던 것이다.

그것도 모자라 신통력이 있다는 부적을 속옷 앞뒤로 꿰
매주고 염주와 묵주를 수갑처럼 양 손목에 채웠다. 부처님
과 성모 마리아와 칠성할머니가 서로 친하지 않다는 건 엄

마에겐 별로 중요하지 않은 듯했다.

　"짐은 잘 챙겼지? 비행기에서 떠들지 말고 안내양들 말
잘 들어. 아침저녁으로 기도하는 거 절대 까먹지 말고."
　"엄마, 안내양이 아니라 스튜어디스예요. 아참, 기도는
누구한테 해야 돼요? 부처님한테 해요, 아니면 성모님한
테……."
　"시끄러. 아무한테든 정성껏만 하면 돼. 신령님들은 다
들 서로 통한단 말야."

엄마는 아무래도 마음이 놓이지 않는지 내내 근심스런 표정이었다. 아버지는 어젯밤에 엄마와 다툰 뒤에 아직도 기분이 덜 풀렸는지 멀뚱한 표정으로 저만치 떨어져 있었다. 엄마가 부적을 튼튼히 꿰매야 한다면서 아버지가 아끼는 낚시줄을 싹둑 끊어 바느질을 했던 것이다.

"빈손아. 잘 다녀와. 괜히 외국에서 나라 망신 시키지 말구. 그리고 이건 심심할 때 읽어봐."

자기가 여행을 가는 것도 아니면서 잔뜩 멋을 부리고 꽃단장을 한 말숙이가 노빈손에게 예쁜 포장지로 싼 책을 한 권 건넸다. 평소에 책을 읽기는커녕 베고 자지도 않는 애가 책을 선물하다니……. 노빈손이 믿을 수 없다는 표정으로 물었다.

"이게 무슨 책인데?"

"여행에 도움이 될까 해서 샀어. 읽으면 마음이 편해질 거야."

"고마워. 근데 설마 영어나 한문은 아니겠지?"

"당연하지. 넌 그런 거 못 읽잖아."

노빈손은 책을 가방 속에 갈무리한 뒤 마지막으로 가족들을 향해 손을 흔들었다. 그리고 말숙이를 향해 터프한 표정으로 눈을 찡긋했다. 탑승구 모퉁이를 돌며 문득 뒤를 돌아보니 엄마는 그새 눈을 감고 중얼중얼 기도를 하고 있었다.

말숙이의 선물

비행기 창 밖으로 보이는 뭉게구름을 구경하던 노빈손은 문득 작년에 겪은 무인도 추락 사고를 떠올렸다. 그때도 오늘처럼 설레는 마음으로 구름을 보고 있었는데……. 갑자기 그 순간의 끔찍한 악몽이 되살아나며 왠지 마음이 불안해졌다.

"내가 지금 무슨 뜬구름 같은 생각을 하는 거야? 쓸데없이."

노빈손은 불길한 생각을 머리에서 지우기 위해 고개를 절레절레 흔들었다. 그리고는 가방을 열고 말숙이가 선물한 책을 꺼냈다.

"평생 못 받아볼 줄 알았던 책 선물을 받다니. 미우니 고우니 해도 역시 나에게는 말숙이가 최고라니까."

행복감에 젖어 빙그레 웃음을 흘리며 책을 펼쳐보던 노빈손이 느닷없이 변비에 걸린 것 같은 묵직한 신음을 토해냈다.

"으윽!"

그가 무심코 펼친 페이지에는 보기만 해도 진절머리가 나는 기분 나쁜 그림이 화려한 컬러로 실려 있었다. 울창한 밀림지대, 두 동강난 비행기, 그리고 치솟는 불꽃과 연기.

15

최초의 낙하산은 우산
낙하산의 원리는 중세부터 알려져 있었지만 행동으로 처음 입증된 건 1783년이다. 우산을 들고 나무 꼭대기에서 뛰어내린 프랑스의 르노르망이 그 주인공. 1802년엔 기구조종사 가르느랭이 2,400m 고공낙하에 성공했고 1912년엔 미국의 알버트 배리가 처음으로 비행기에서 뛰어내렸다. 재료는 초기엔 범포(돛천), 나중엔 비단이었으며 요즘은 나일론이다.

그건 다름 아닌 추락한 비행기의 모습이었던 것이다.

"이익, 이런 몹쓸 책을 사주다니. 대체 제목이 뭐야?"

포장지를 벗기고 제목을 확인하던 노빈손이 이번에는 아까보다 훨씬 더 큰 소리로 신음을 내뱉었다. 띠웅―. 표지에 이런 제목이 큼직하게 적혀 있었던 것이다.

〈추락하는 비행기엔 날개가 없다〉

조금 전의 행복감이 순식간에 맹렬한 복수심으로 변하는 순간, 책갈피에서 작은 메모지 하나가 툭 하고 떨어졌다. 이건 또 뭐야? 메모지를 읽던 노빈손의 숱 없는 눈썹이 갑자기 한꺼번에 곤두서며 꿈틀거렸다.

'이 책 구하느라고 세 시간이나 돌아다녔어. 나 착하지? 돈이 없어서 낙하산은 못 샀어. 미안. 혹시 추락하면 남의 집 지붕에 안 떨어지게 조심해라. 호호호. 나말숙 씀.'

글자가 삐뚤삐뚤한 걸로 봐서 틀림없는 말숙이의 글씨였다. 이름 뒤에는 해적선의 깃발에나 어울릴 것 같은 해골이 또렷이 그려져 있었다. 엑스자 모양으로 겹쳐진 뼈 두 개와 함께.

"으으으……."

노빈손이 마치 몸살 난 강아지처럼 신음을 하며 몸을 부르르 떨어대자 좌우에 앉아 있던 외국인들이 큼직한 코를 찡그리며 고개를 갸웃거렸다. 승객들에게 음료수를 따라주던 스튜어디스가 다가와서 근심스런 표정으로 물었다.

"손님, 어디 불편하세요? 약 갖다 드릴까요?"

"……아뇨."

"정말 괜찮아요?"

"네."

그러자 스튜어디스가 엄한 표정으로 말했다.

"그럼 좀 조용히 하세요."

모든 것을 태우는 레이저
레이저(laser)는 '전자파의 유도방출복사에 의한 빛의 증폭(Light Amplification by Stimulated Emission of Radiation)'의 첫 글자들로 만든 단어. 이 빛은 물질계에서 가장 단단하고 열에 강한 물질을 증발시킬 정도로 강력하다. 레이저의 기본원리는 1917년에 아인슈타인이 발견했고, 첫 레이저 장치는 1960년에 미국의 시어도어 메이만에 의해 만들어졌다.

다시 겪은 추락

노빈손은 나스카 평원 위에 홀로 서 있었다. 함께 온 일행과 안내원들은 다들 어디론가 사라지고 아무도 보이지 않았다. 갑자기 거센 회오리 바람이 사방에서 일어났다. 노빈손은 겁에 질린 채 바닥에 주저앉아 엄마가 시킨 대로 기도를 올리기 시작했다.

잠시 후, 하늘에서 커다란 비행접시 하나가 미끄러지듯 내려와 착륙했다. 문어처럼 머리가 번들거리는 외계인들이 레이저 총을 들고 밖으로 나와 노빈손을 에워쌌다. 대장으로 보이는 덩치 큰 외계인이 기계음처럼 음산한 목소리로 말했다.

"위 윌 테이크 유 투 아우어 플래닛."

"예? 뭐라구요?"

노빈손이 멍한 표정으로 되묻자 외계인이 어이없다는 표정을 짓더니 물었다.

"임마, 너 대학생이라며 영어도 못해?"

"……."

노빈손은 그 와중에도 부끄러운 생각이 들어 얼굴이 빨개졌다. 한심하다는 듯 혀를 끌끌 차던 외계인이 다시 말했다.

"널 우리의 행성으로 데려가겠단 말이야, 짜샤."

"예? 왜요?"

"왜요라니. 너 우리 만나고 싶어서 왔잖아."

그러더니 그들은 다짜고짜 노빈손을 비행접시로 끌고 가려 했다. 노빈손은 공포에 질린 채 소리를 지르며 필사적으로 반항하기 시작했다.

"으아아, 안 돼요. 살려줘요. 나 외아들이란 말이에요. 엄마아—."

눈물, 콧물을 마구 흘려대며 버둥거리던 노빈손이 눈을 번쩍 떴다. 그리고 지금 자기가 있는 곳이 비행접시가 아닌 비행기 속임을 깨달았다. 그는 식은땀으로 범벅이 된 얼굴을 닦으며 길게 한숨을 내쉬었다.

"휴, 살았다. 꿈이었구나……."

그런데 이상한 일이었다. 악몽을 꾼 건 노빈손인데 왜 다른 승객들이 온통 괴성을 지르며 울부짖고 있단 말인가. 오른쪽 옆자리의 일본인은 기모노를 벗어서 뒤집어쓰고 엉엉 울고 있었다. 그리고 왼쪽의 미국인은 긴 코를 의자 시트에 박은 채 부들부들 떨고 있었다.

갑자기 비행기가 엄청난 요동을 치며 상하좌우로 마구 흔들리기 시작했다. 사람들이 마치 합창이라도 하듯 한꺼번에 비명을 질러댔다.

"꺄아악―."

노빈손은 그제서야 사태의 심각함을 알아차렸다. 지금 이 비행기는 추락 직전의 상황에 놓여 있는 것이다. 마치 1년 전의 그날처럼. 머리 위의 스피커에서 기장의 맥없는 목소리가 흘러나왔다.

"승객 여러분, 걱정하십시오. 저희 승무원은 여러분의 안전을 위해 최선을 다했습니다."

뭐? 걱정마십시오가 아니라 걱정하십시오라구? 최선을 다하겠습니다가 아니라 최선을 다했습니다라구? 그 말은…… 결국 추락한다는 말이잖아.

"안돼!!"

노빈손은 비명을 지르며 자리에서 벌떡 일어섰다. 순간, 비행기가 갑자기 거꾸로 뒤집히며 귀청을 찢는 듯한 굉음이 세상을 뒤흔들었다. 바이킹을 탄 듯한 아찔한 전율이 온

기모노
기모노는 나라시대(645~724년) 때부터 전해지는 일본의 전통의상이지만 처음부터 일본의 옷이었던 것은 아니다. 기모노의 원형이 된 것은 중국인들이 한나라(기원전 3세기) 때부터 입어 온 '파오(袍)'라는 옷. 하지만 '오비'라는 이름의 넓은 허리띠는 기모노만의 독특한 특징이다. 지금과 같은 다양하고 화려한 오비가 개발된 것은 17~18세기.

몸을 엄습했다. 노빈손의 눈앞이 노래지며 머리 속이 마치 꿈을 꾸는 것처럼 아득해졌다.

아마존의 여왕을 만나다

"으음……."

노빈손은 온 몸에 극심한 통증을 느끼며 눈을 떴다. 파란 하늘이 눈에 들어왔다. 아까 비행기에서 내려다보았던 뭉게구름이 머리 위로 둥실둥실 떠가고 있었다.

"내가 또 살아난 건가?"

그는 고개를 돌려 주변을 살폈다. 비행기는 어디로 추락했는지 온데간데 없고 승객들도 전혀 보이지 않았다. 보이는 건 오로지 엄청나게 키가 큰 나무들과 울창한 정글, 그리고 사방에서 들려오는 새소리뿐이었다.

하지만 상황은 너무나 분명했다. 그는 또다시 비행기 사고를 당한 것이다. 그리고 이번에도 역시 혼자만 구사일생으로 살아난 것이다. 차이가 있다면 지난번엔 무인도였고 지금은 정글이라는 것뿐이었다.

"에휴, 복도 없지. 태어나서 비행기 딱 두 번 타봤는데 두 번 다 사고가 나다니."

21

노빈손은 문득 말숙이가 원망스러워졌다. 그런 방정맞은 책을 사주니까 이런 일이 생기는 거 아닌가. 말숙이 요것, 만나기만 해봐라. 젖먹던 힘을 다해서 똥침을 놔버릴 테니……

숲 속에서 뭔가 바스락거리는 소리가 난 건 바로 그때였다. 깜짝 놀란 노빈손이 주위를 두리번거리는 순간, 나무 뒤에서 갑자기 시커먼 게 툭 튀어나왔다.

"으악!"

노빈손은 비명을 지르며 뒤로 후다닥 물러앉았다. 하얗게 센 머리, 쭈글쭈글한 주름, 듬성듬성한 이빨, 축 늘어진 젖가슴, 그리고 앙상한 팔다리. 그의 눈앞에 나타난 건 뜻밖에도 괴상한 몰골의 할머니였다.

할머니는 어깨에 커다란 활을 걸치고 등엔 화살통을 짊어지고 있었다. 그리고 양쪽 허리엔 도끼와 작은 단검을 차고 있었다. 한 손에는 창, 또 한 손에는 방패. 목에는 초승달처럼 생긴 낡은 목걸이. 노빈손은 간신히 정신을 가다듬고 더듬거리며 물었다.

"할머닌 누구세요?"

그러자 할머니가 버럭 화를 내며 소리를 질렀다.

"떽! 이런 버릇없는 녀석을 봤나. 여왕 보고 할머니라니."

"여왕요? 풋!"

노빈손의 입에서 자기도 모르게 웃음이 터져나왔다. 저런 꾀죄죄한 할머니가 여왕이라니? 무수리라면 또 몰라도……. 그는 자기가 처한 위급한 상황도 잊어버린 채 데굴데굴 구르며 웃기 시작했다.

"낄낄. 여왕이래, 여왕. 푸하하하ㅡ."

그러자 할머니는 몹시 화가 났는지 화살을 꺼내 활에 걸고 사나운 눈빛으로 말했다.

"안 그쳐? 당장 웃음을 그치지 않으면 꼬치를 만들어 버릴 테다."

찔끔ㅡ. 노빈손은 날카로운 화살을 보자 갑자기 정신이 번쩍 들었다. 지금 자기는 웃고 있을 상황이 아니었던 것이다. 구사일생으로 간신히 살아났는데 누군지도 모르는 할머니한테, 그것도 웃다가 죽는다는 건 정말이지 말도 안 되는 일이었다. 노빈손은 간신히 웃음을 멈추고 조심스레 물었다.

"할머…… 아니, 여왕님은 어떤 나라 여왕이에요? 여긴 대체 어디죠?"

"여긴 아마존이야. 난 아마존 왕국의 마지막 여왕이고."

"아마존요? 페루가 아니구요?"

"멍청한 녀석. 광활한 아마존 정글은 페루에서 시작하여 대서양까지 이어진다는 걸 모르느냐?"

"그런가요?"

활시위를 뒤로 잡아당기면 줄에 탄성에너지가 저장된다. 줄을 놓는 순간 탄성에너지는 운동에너지로 바뀌고, 그 힘이 화살에 전달되어 화살을 멀리 날려보낸다. 만일 줄이 끊어지면? 저장되었던 에너지의 일부는 끊어진 부위의 열로 바뀌고, 일부는 '팅ㅡ' 하는 소리의 음파로 바뀌며, 일부는 끊어진 줄을 파르르 떨게 하는데 이용될 것이다. 이름하여 '에너지 보존의 법칙'.

"근데 넌 누구냐? 여긴 왜 왔어?"

"난 한국에서 온 노빈손이에요. 나스카에 가는 길이었는데 비행기가 추락했어요. 혼자만 살아남은 거 같아요."

"그래? 생긴 거랑 다르게 재수가 좋은 녀석이로구나."

"근데, 여인왕국 아마존은 사람들이 지어낸 전설인 줄 알았는데 아닌가요?"

"아니고말고. 아마존 왕국은 위대한 여왕 히폴리테 이후 수천 년 간 계속 존재해 왔어. 난 히폴리테님의 150대 후손이고."

"우와, 정말요? 할머니 이름은 뭔데요?"

"내 이름? 히폴리테와 비슷하지. 히폴리테처럼 위대한 여왕이 되라고 어마마마가 그렇게 지어주셨거든."

"뭔데요?"

"히프미테."

"뭐요? 히프미테? 궁뎅이 밑에? 푸하하하―."

노빈손은 또다시 폭소를 터뜨렸다. 히프미테가 다시 한번 화살을 겨누고 윽박질렀지만 이번에는 도저히 웃음을 그칠 수가 없었다. 꼬치가 되더라도 웃긴 걸 어떡하랴. 히프미테는 그런 노빈손의 모습을 씩씩거리며 쳐다봤지만 다행히도 활은 쏘지 않았다.

미지와 신비의 정글, 아마존

아마존 정글은 페루, 브라질, 콜롬비아, 베네수엘라, 볼리비아 등 남아메리카의 9개 나라에 걸쳐 있는 세계 최대의 열대우림이다. 지구 삼림의 30%를 차지하는 이곳의 총면적은 7백만Km²로 우리나라의 70배. 남북한을 합친 것보다도 30배나 더 크다. 나무들의 키는 보통 40~50m에 이르며, 자그마치 100m에 가까운 슈퍼울트라 롱다리 나무도 드물지 않다.

안데스 산맥에서 시작되어 대서양으로 흐르는 아마존 강 본류의 길이는 약 6,300Km. 너비는 제일 좁은 상류가 2~3Km, 중류가 10~20Km 정도이며 하류에 들어서면 거의 100Km에 가깝다. 중간에 갈라지는 지류의 개수가 1천 개가 넘고, 배가 다닐 수 있는 거리만 해도 8만Km나 된다. 바다로 흘러 들어가는 유수량은 1년에 무려 6조 톤. 지구의 땅 위를 흐르는 지표수의 5분의 1이 아마존 유역에 몰려 있다.

적도를 중심으로 북위 5도~남위 20도에 위치한 아마존의 연평균 기온은 섭씨 26도. 강수량은 연간 2천~3천mm이며 곳에 따라 5천mm가 넘는 곳도 있다. 우기(12~7월)가 되면 강의 수위가 건기에 비해 20m 가까이 높아지고, 강이 범람하면서 강변 수십 Km가 수중 정글이 된다.

아마존 정글 1ha(1만 평방미터) 안에는 평균 750종의 나무, 125종의 포유류, 400종의 조류, 100종의 파충류, 60종의 양서류가 살고 있다. 그리고 나무마다 약 400여 종의 곤충들이 살고 있다. 학자들은 이곳에 서식하는 동물과 식물들의 종류가 최소한 2백만 종은 될 것으로 추측한다. 그 중 절반은 연구나 분석은커녕 아직 발견조차 되지 않은 미지의 생물들이다.

바다 같은 강물, 하늘을 찌르는 나무, 햇빛조차 스며들지 못

하는 밀림, 그리고 헤아릴 수 없이 많은 신기한 생물들. 아마존은 지구상에 마지막으로 남아 있는 미지와 신비의 공간이다. 그런 멋진 장소에 공짜로 떨어진 우리의 주인공 노빈손이 너무 부럽다.

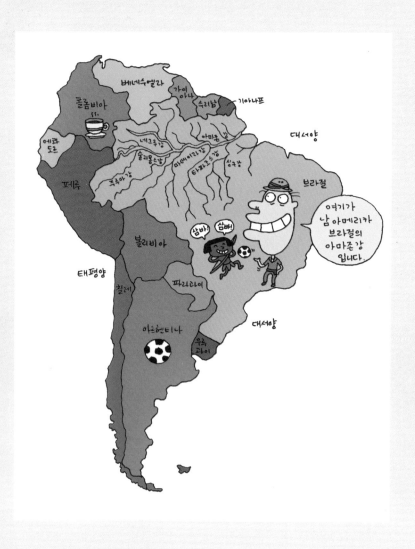

여인왕국의 비극

히프미테는 괴팍해 보이는 외모와는 달리 자상했다. 그녀는 노빈손을 자기의 집으로 안내했고 화살에 꿴 맛있는 꼬치구이를 대접해 주었다. 히프미테가 궁전이라고 부르는 허름한 오두막은 사람들의 눈에 잘 띄지 않는 깊숙한 정글 속에 있었다.

"그럼 지금 남아 있는 사람이 여왕님 혼자뿐이란 말이에요?"

"그렇단다. 언젠가부터 아마존의 전사들이 까닭 모를 병으로 죽어가면서 숫자가 점점 줄어들기 시작했어. 그러더니 이젠 달랑 나 혼자만 남았지 뭐냐."

히프미테는 슬픈 표정을 지으며 밤하늘을 올려다보았다. 굵은 눈물이 주렁주렁 매달려 있다가 야윈 얼굴 위로 흘러내렸다.

"다시 아마존 왕국을 재건할 방법은 없나요?"

"글쎄, 유일한 희망이 하나 있긴 하지만."

"그게 뭔데요?"

그러나 히프미테는 대답 대신 쓸쓸한 미소를 짓더니 혼잣말처럼 중얼거렸다.

"말하면 뭐하니. 니가 어떻게 해줄 것도 아닌데."

27

앗, 나를 무시하다니. 노빈손은 갑자기 자존심이 상하는 걸 느꼈다. 조금 전까지만 해도 사근사근하던 말투가 갑자기 퉁명스러워졌다.

"이거 왜 이러세요. 이래봬도 무인도에서 혼자 몇 달 간 살다가 탈출했을 정도로 씩씩한 사나이라구요. 그뿐인 줄 아세요? 운도 엄청 좋아요. 추락한 비행기에서 두 번씩이나 살아난 사람 있으면 한번 나와 보라구 하세요."

히프미테는 의외라는 표정으로 노빈손을 쳐다보았다. 노빈손은 은근히 어깨에 힘을 주며 최대한 멋있는 표정을 지으려고 노력했다. 한동안 그 얼굴을 쳐다보던 히프미테가 말했다.

"얼굴만 봐서는 전혀 그럴 것 같지가 않은데……."

그러나 히프미테는 곧 자기의 마지막 희망에 대해 털어놓기 시작했다. 어차피 멸망의 위기에 몰린 그녀로서는 누구에게든 도움을 청하고 싶은 마음이 간절했기 때문이다. 물에 빠진 할머니가 지푸라기라도 잡으려는 심정이라고나 할까.

"이틀 전이던가? 화려하게 치장한 아름다운 여인이 내 꿈에 나타났어. 그 분은 다름 아닌 히폴리테 여왕이었지. 비열한 여신 헤라의 음모 때문에 헤라클레스에게 목숨을 잃긴 했지만 히폴리테는 너무나 위대한 여왕이었으며 아마존 전사들의 영원한 우상이란다."

히프미테는 아마존의 슬픈 역사에 대해 오랫동안 이야기했다. 납치당한 안티오페 여왕과 장렬하게 전사한 펜테실레이아 여왕의 얘기, 흑해에서 대서양을 거쳐 남아메리카의 정글 속으로 이어진 아마존 왕국의 역사가 생생하게 되살아났다. 노빈손은 졸린 것도 잊은 채 눈을 반짝이며 여왕의 얘기에 귀를 기울이고 있었다.

"난 히폴리테님에게 아마존 왕국을 되살릴 방법을 물었어. 그랬더니 그 분은 3일 뒤에 우이투투 부족의 빠제를 찾아가라고 말씀하시더구나. 신이 그를 통해서 신탁을 내려줄 거라면서."

"우이투투는 뭐고 빠제는 또 뭐예요? 신탁은요?"

"우이투투는 아마존 상류의 인디오 부족이고, 빠제는 주술사라는 뜻이란다. 신탁은 신이 인간을 통해서 내리는 예언이나 계시라고 할 수 있지. 넌 그리스 신화에 나오는 신탁 얘기도 몰라? 학교를 제대로 못 다닌 모양이구나."

"……."

노빈손은 자기가 어엿한 대학생이라고 말하려다가 그만두었다. 괜히 한국 대학생들을 통째로 망신시킬 것 같았기 때문이다. 히프미테는 노빈손이 학교 못 다닌 걸 슬퍼하는 줄 알고 위로하듯 어깨를 두드리며 말했다.

"괜찮아. 못 배웠으면 어때. 기술 배우면 되잖니."

난처해진 노빈손은 화제를 바꾸기 위해 급히 말머리를

신탁의 유래
신탁(oracle)은 '기도하다'라는 뜻의 라틴어 orare에서 유래된 말이며, 인간의 요청에 따라 신이 내려주는 계시를 뜻한다. 고대 그리스에는 왕과 시민들에게 신탁을 전하는 신전들이 곳곳에 세워져 있었다. 제일 유명한 곳은 태양신 아폴론의 신탁이 내려지던 파르나수스 산의 델포이 신전.

29

신탁은 누가 받았을까?
신탁은 의뢰인이 직접 받기도 하고 영매나 주술사가 받기도 한다. 의뢰인이 직접 받을 때는 대개 신전에서 잠을 자면서 꿈 속에서 신을 만나 대답을 들었고, 영매는 신을 불러내서 대화한 뒤 그 내용을 사람들에게 전했다. 델포이 신전의 영매는 '피티아'라 불렸는데, 50살이 넘은 여자만이 피티아가 될 수 있었으며 반드시 남편과 떨어져 살아야 했다.

돌렸다.

"그래서 어떻게 할 건데요? 3일 뒤면 내일이잖아요. 빨리 그 주술사를 찾아야겠네요."

"그래야지. 하지만 내 꿈이 정말 들어맞을지 어떨지는 자신이 없구나."

"에이, 설마 애들도 아닌 할머니가 개꿈을 꿨을라구요. 맞을 거예요. 저도 같이 갈게요."

"네가?"

"그럼요. 혹시 도울 일이 있을지도 모르잖아요. 이래봬도 무인도에서……."

히프미테는 우울한 눈길로 노빈손을 바라보더니 힘없이 고개를 끄덕였다. 왕국의 신민들을 모두 잃은 그녀는 어쩌면 노빈손에게서 오랫동안 잊고 있던 혈육의 정을 느끼는지도 몰랐다. 그들은 아침 일찍 길을 떠나기로 하고 푹신한 풀잎 침내 위에 나란히 누워 잠을 청했다.

그날 밤, 꿈에서 말숙이를 만난 노빈손은 혼신의 힘을 다해 똥침을 놓았다. 하지만 말숙이가 교묘하게 엉덩이를 비트는 바람에 애꿏은 손가락만 삐고 말았다. 히프 밑에 그렇게 두둑하고 딱딱한 살집이 숨어 있었을 줄이야.

아마존의 부활을 위한 신탁

신탁의 엄격한 절차
목욕은 신탁을 받기 전에 반드시 거쳐야 하는 일종의 의식이다. 델포이 신전의 피티아는 신탁을 받는 날이(아폴론의 생일)이 되면 카스탈리아 샘에서 목욕을 하고 성스러운 카소티스 샘물을 마신 다음 신전의 지하 골방으로 내려갔다. 그리고는 성스러운 삼각의자에 앉아 아폴론의 상징인 월계수 잎을 씹었다고 한다.

우이투투족의 빠제는 늙고 꾸부정한 할아버지였다. 히프미테를 보며 괜히 히죽히죽 웃음을 던지던 그는 그녀의 꿈이야기를 듣고 눈이 휘둥그레지며 말했다.

"거 참 신기하네. 나도 3일 전에 비슷한 꿈을 꿨는데."

그는 제 꿈에 웬 야한 옷차림의 여자가 나타나 3일 뒤에 신탁을 전하라는 말을 했다고 털어놓았다. 그때는 그냥 뒤숭숭한 개꿈인 줄만 알았었다는 것이다. 노빈손은 이 신기한 얘기를 들으며 어쩌면 히프미테의 소원이 정말로 이루어질지도 모른다는 기대를 품기 시작했다.

"신탁을 받으려면 몸을 정갈히 해야지. 할멈, 잠깐 기다리쇼. 좀 씻고 올 테니까."

빠제는 발이 보이지 않을 정도로 잽싸게 강가로 뛰어나갔다. 정확히 말하면 매맞는 것을 피해 황급히 도망친 것이었다. 할멈이라는 말을 들은 히프미테가 불같이 화를 내며 긴 창을 휘둘러댔기 때문이다.

"못된 영감 같으니라구. 할멈이 뭐야, 할멈이. 꿍얼꿍얼……."

잠시 후, 목욕을 마친 빠제가 슬금슬금 눈치를 보며 다가왔다. 얼굴 때깔은 몰라볼 정도로 달라져 있었지만 히프미테의 신경질이 무서웠던지 잔뜩 겁먹은 듯한 표정이었다. 빠제는 화려한 새의 깃털로 만든 관을 머리에 쓰고 양쪽 볼에 얼룩덜룩하게 화장을 한 뒤 엄숙한 표정으로 오두막의 한가운데 앉았다.

"아마존의 신이여, 강림하소서. 히프미테가 기다리옵니다. 바두기깽깽워리깽깽마카깽깽……."

빠제는 마치 강아지가 낑낑대는 듯한 야릇한 주문을 외우며 제 몸에 신이 깃들기를 기다렸다. 노빈손은 또 웃음이 터질 뻔했지만 허벅지를 꼬집으며 억지로 참아냈다. 혹시 부정이 탈까봐 걱정이 됐던 것이다.

"와이카노 와이카노 우얄라카노…… 허거걱!"

한참 주문을 외우던 빠제가 갑자기 숨 넘어가는 듯한 비명을 질렀다. 단추 구멍 같던 그의 두 눈이 단추처럼 커지는 게 보였다. 드디어 신이 그에게 찾아들고 있는 것이다. 노빈손은 침을 꿀꺽 삼키며 빠제의 다음 말을 기다렸다.

"신의 이름으로 고하노라…… 정신 똑바로 차리고 받아 적어라……."

최면술에 걸린 사람처럼 몽롱한 표정으로 변한 빠제가 신탁을 전하기 시작했다. 조금 전까지만 해도 풍선에서 바람 빠지는 소리처럼 꽉 쉬어 있던 그의 목소리는 어느새 낭랑하면서도 울림이 큰 여자의 목소리로 변해 있었다. 히프미테는 받아쓰기를 하기 위해 황급히 작은 나뭇가지를 주위들었다.

"어머니가 앓고 있다…… 어머니의 병을 고쳐야 하느니라……."

이게 무슨 소릴까? 어머니가 앓고 있다니? 그럼 의사를 부르면 되잖아. 하지만 누구의 어머니가? 무슨 병으로? 여러 가지 궁금증이 노빈손의 머리를 스쳤지만 미처 생각할 겨를도 없이 빠제의 입에서 다음 말이 흘러나왔다.

"어머니의 허파가 오그라들고 체온이 치솟았도다…… 핏줄이 마르고 살갗이 갈라졌도다…… 검은 구름이 피어올라 하늘을 가리었도다…… 찢긴 하늘의 틈새로 재앙이 스밀지어다…… 사내아이와 계집아이가 번갈아 나타나서 경고를 보낼지어다……."

빠제의 목소리에 울음이 섞이기 시작했다. 뭔가 커다란 분노와 슬픔이 신의 말문을 막아 버린 듯했다. 정신없이 받아 적던 히프미테가 멍한 표정을 지으며 땅바닥에 적힌 글을 들여다보았다. 그녀 역시 이게 대체 무슨 소리인지 전혀 감을 잡지 못하는 것 같았다.

"신이여!"

갑자기 히프미테가 무릎을 꿇으며 애절하게 부르짖었다. 이 신탁의 의미를 깨닫지 못하면 여인왕국 아마존은 영원히 부활할 수 없는 것이다. 히프미테의 눈에서 뜨거운 눈물이 펑펑 쏟아지고 있었다.

허파에 바람이 들어야 산다
허파(폐)는 대기호흡을 하는 척추동물의 가슴에 있는 2개의 호흡기관. 들숨 때 들이마신 산소를 혈액 속의 이산화탄소와 맞바꾸는 중요한 역할을 한다. 허파로 들어온 기관지는 나뭇가지처럼 잘게 갈라지는데, 그 맨 끝에 포도송이 모양으로 달려 있는 허파꽈리(폐포)에서 이산화탄소와 산소의 교환이 일어난다. 사람의 허파꽈리 개수는 약 4억 개.

눈동자의 크기는 왜 변할까?
눈동자(동공)는 밝은 빛에
노출되면 홍채의 근육에 의
해 수축되고 어두운 곳에서
는 확대된다. 또 가까운 물
체에 초점을 맞출 때는 작아
지고 먼 곳을 볼 때는 커진
다. 약물에 중독되거나 중추
신경계에 이상이 생기면 작
아지고 즐거운 장면을 볼 때
는 커진다. 최대한 수축되었
을 때 동공의 직경은 1mm
이하. 하지만 최대한 확대되
면 10배까지 커질 수 있다.

"그 어머니가 대체 누구입니까? 어떤 병을 앓고 있단 말
입니까? 그 병을 고치는 방법은 없습니까? 신이여! 부디
제게 지혜를 주소서."

"생명의 동굴을 찾아야 하느니라. 폭포의 수염에 실마리
가 있느니라."

이 대답을 끝으로 빠제의 눈동자는 서서히 원래의 단추
구멍 크기로 변하기 시작했다. 다급해진 노빈손이 큰 소리
로 신을 불러댔다.

"아줌마! 아니, 신누나!"

"왜 그러느냐?"

"저어…… 죄송하지만 조금이라도 힌트를 좀 주시면 안 될까요?"

그러자 빠제가 갑자기 사나운 눈초리로 노빈손을 째려보며 퉁명스럽게 말했다.

"야! 세상에 힌트 주는 신탁이 어딨어? 이게 무슨 장학 퀴즈야?"

정글의 신은 그렇게 떠나갔다. 히프미테가 긴 한숨을 내쉬며 털썩 주저앉았다. 어디선가 원숭이떼 우짖는 소리가 희미하게 들려오고 있었다.

늙으면 백발이 되는 이유
머리카락 색깔은 멜라닌 색소의 양에 의해 결정된다. 나이가 들면서 머리가 하얗게 세는 건 모근세포 안에 있는 멜라닌 색소가 줄어들기 때문. 젊은 나이에 머리가 세는 건 대부분 유전이며 스트레스나 영양부실, 골다공증도 원인이 될 수 있다. 흰머리 하나 뽑으면 두개 난다는 건 새빨간 거짓말. 머리카락은 한 구멍에 무조건 하나만 난다.

폭포의 수염에서 날아오른 앵무새

"모르겠어. 아무리 생각해도 모르겠다니까."

히프미테가 절망스런 표정으로 머리카락을 쥐어뜯었다. 하얀 백발이 야윈 손가락 사이로 한 뭉텅이나 뽑혀 나왔다. 노빈손이 근심스런 얼굴로 말을 꺼냈다.

"잘 생각해 봐요. 혹시 여왕님네 엄마 아니에요? 아니면 이웃에……"

"이 녀석아. 내 나이가 벌써 120살인데 우리 엄마가 어떻게 살아계셔? 그리고 나한테 이웃이 어딨냐? 나 혼자만 남았다는 말 못 들었어?"

하긴, 늙고 고독한 히프미테에게 가족이나 친구가 있을 리 없었다. 그렇다고 설마 신이 노빈손의 엄마를 들먹였을 리도 없고. 게다가 노빈손의 엄마는 병은커녕 너무 건강해서 탈인 터프한 아줌마였다.

"안 되겠어. 이 수수께끼는 좀더 시간을 두고 풀기로 하고, 우선 그 폭포부터 찾아보자."

히프미테는 일단 신이 말한 폭포의 수염을 찾아보기로 했다. 거기에 가면 실마리가 있을지도 모르기 때문이다. 하지만 그 말 역시 아리송하기는 마찬가지였다. 옥수수도 아니고 메기도 아닌 폭포에 수염이 달려 있다니?

"영감은 뭐 짚이는 거 없수? 이 동네에서 오래 살았잖아."

빠제는 잠시 생각에 잠겼다. 눈동자를 이리저리 굴리는 것 같았지만 눈이 워낙 단추 구멍이라 제대로 보이진 않았다. 단지 눈 주위가 실룩거리는 걸로 봐서 그런가보다 싶을 뿐이었다.

"이 근처에 폭포가 하나 있긴 한데…… 중간에 큰 바위가 있고 길다란 풀이 듬성듬성 자라고 있거든. 혹시 그게 폭포의 수염 아닐까?"

말이 끝나기도 전에 히프미테가 자리에서 벌떡 일어섰다. 그리고는 빠제의 팔을 잡아끌며 큰 소리로 말했다.

"앞장 서!"

폭포는 가파른 경사를 이루며 세차게 떨어지고 있었다. 한가운데 불쑥 솟은 바위 위로 풀들이 마치 고양이 수염처럼 삐죽삐죽 솟아 있었다. 과연 영락없는 폭포의 수염이었다.

하지만 문제는 그 수염에 접근할 방법이 없다는 점이었다. 빠제의 재산목록 1호라는 낡은 카누를 타고 폭포 바로 밑까지 가긴 했지만 그 가파른 폭포를 거슬러 올라간다는 건 도저히 불가능해 보였다. 히프미테가 초조한 표정으로 빠제의 옆구리를 쿡쿡 찔렀다.

"어떻게든 좀 해봐."

"답답한 할망구야. 나보고 어쩌란 말이야. 내가 무슨 새라도 되나?"

"이 영감탱이가 진짜…… 무슨 주술사가 그런 것도 못해? 다른 주술사들은 양탄자도 타고 다닌다던데."

"그러는 할망구는 무슨 여왕이 그렇게 할 줄 아는 게 없어? 수염만 없으면 다야?"

옥신각신 말다툼을 벌이던 두 사람은 이내 입을 다물고 시무룩한 표정을 지었다. 그들을 물끄러미 쳐다보던 노빈손의 눈길이 문득 히프미테의 화살에 닿았다. 저 수염 속으로 화살을 쏴 보면 혹시 무슨 반응이 있지 않을까. 장담할 순 없지만 그냥 포기하는 것보다는 훨씬 나을 것 같다는 생각이었다.

"저…… 화살을 한번 쏴보는 건 어때요?"

"화살이라구?"

"네. 어차피 못 올라갈 바에야 그렇게라도 해보자구요. 못 먹는 감 찔러나 본다는 옛말도 있잖아요?"

"먹지도 못할 걸 찔러서 뭐해?"

히프미테는 반신반의하는 표정으로 화살통에서 화살을 하나 꺼내 활에 걸었다. 그리고는 수염을 향해 활을 겨누고 잠시 호흡을 멈추었다.

목표물을 응시하는 그녀의 눈빛은 독수리처럼 날카로웠다. 야윈 팔뚝엔 평소에 보이지 않던 굵은 힘줄이 툭툭 솟아올랐다. 노빈손은 히프미테의 오른쪽 젖가슴이 위쪽과 달리 납작하다는 사실을 그제서야 깨달았다. 그건 그녀가 아마존의 여전사라는 분명한 증거였다.

휙―. 시위를 떠난 화살이 일직선을 그으며 날아갔다. 화살은 정확하게 바위의 한가운데에 있는 수염 속으로 떨어졌다. 과연 어떤 반응이 일어날까. 화살이 날아가는 그 짧은 순간이 노빈손과 히프미테에겐 마치 식당에서 밥 주문해 놓고 기다리는 것처럼 지루하게 느껴졌다.

"꺅─ 꺅꺅─."

유리가 긁히는 것 같은 껄끄러운 울음소리와 함께 뭔가 커다란 것이 하늘로 날아올랐다. 온 몸이 알록달록한 깃털로 뒤덮인 화려한 앵무새였다. 히프미테의 화살이 풀 속에 있는 녀석의 둥지를 뚫어 버린 것이다. 앵무새는 엄청 화가 난 표정으로 카누 위를 빙빙 맴돌기 시작했다.

"누구냐! 누구냐!"

우와! 앵무새가 말을 하다니. 영화에서만 보던 장면을 실제로 본 노빈손의 눈이 휘둥그레졌다. 앵무새는 그런 노빈손을 째려보며 잔뜩 약이 오른 목소리로 물었다.

"너냐? 너냐?"

"아니다. 내가 쐈다. 난 아마존의 여왕 히프미테다. 혹시 신이 전하신 메시지를 가지고 있지 않느냐?"

앵무새는 고개를 갸웃거리며 히프미테를 쳐다보았다. 무슨 여왕이 그렇게 꾀죄죄하냐는 듯한 표정이었다. 하지만 히프미테의 목에 걸린 초승달 모양의 목걸이를 보더니 이내 고개를 끄덕였다. 그리고는 여전히 껄끄러운 목소리로 말했다.

"해뜨는 쪽으로 가라! 해뜨는 쪽으로 가라!"

동쪽으로 가라구? 어디까지? 뭐하러? 답답해진 노빈손이 버럭 화를 내며 말했다.

"야, 이 띨띨한 놈아. 목적지를 말해야 가든지 말든지 할 거 아냐. 목소리는 꼭 까마귀 같아 가지고서는."

그러자 앵무새는 마치 늑대처럼 사나운 눈초리로 노빈손을 노려보더니 다시 되뇌었다.

"마호가니 신목! 마호가니 신목!"

신목은 신령스런 나무라는 뜻이다. 그러니까 신령스런 마호가니 나무를 찾아 동쪽으로 가라는 말이었다. 히프미테는 그런 힌트를 얻은 것만으로도 감지덕지한 표정이었지만 노빈손은 녀석의 눈초리가 영 마음에 들지 않았다. 까마귀 목소리에 늑대의 눈빛이라니, 저거 완전히 무늬만 앵무새잖아? 게다가 반말을 하다니.

불쾌한 건 앵무새 역시 마찬가지인 것 같았다. 녀석도 노빈손이 영 마음에 들지 않는 눈치였던 것이다. 앵무새는 노빈손을 향해 한 마디 툭 던지고는 멀리 폭포 너머로 사라져 갔다.

"밤길 조심해라! 밤길 조심해라!"

인디오 소년 마쿠나이마

"정말 네가 가겠느냐?"

히프미테는 근심스런 표정으로 노빈손에게 물었다. 늙고 쇠약해진 히프미테 대신 자기가 동쪽으로 떠나겠노라고 노빈손이 고집을 피웠던 것이다.

"그럼요. 여왕님보다는 제가 백 살이나 젊잖아요."

"그래도…… 정글이 얼마나 위험한 곳인데."

"걱정 마세요. 젊었을 때 고생은 사서라도 한다는데요 뭐."

노빈손은 자신있다는 표정으로 히프미테를 안심시켰다. 물론 전혀 겁이 안 나는 건 아니었다. 사나운 맹수들과 무서운 풍토병, 그리고 어쩌면 식인종이 살고 있을지도 모르는 위험한 정글을 여행한다는 건 결코 쉬운 일은 아니기 때

정글의 전사 인디오
아마존 인디오들은 정글을 타잔처럼 누비고 다니는 용감한 전사들이다. 그들은 강력한 활과 제 키보다 더 긴 화살, 그리고 화살통을 갖고 다니는데, 화살통 속에는 그때그때 바꿔 끼울 수 있는 다양한 크기의 화살촉들이 들어 있다. 가장 위력적인 무기인 화살총의 길이는 2~5m 정도지만 가끔은 8m에 가까운 것도 있으며, 입으로 불면 바늘만한 화살이 20~30m를 날아가서 목표물에 정확히 꽂힌다.

문이다. 하지만 호기심과 모험심이 강한 노빈손으로서는 걱정보다는 설레임이 훨씬 앞서는 일이기도 했다.

"그러는 게 좋겠어. 할멈은 너무 늙었잖아. 이런 일은 팔팔한 꿈나무들한테 맡겨야 된다구."

빠제가 나서서 열심히 노빈손을 두둔했다. 아무래도 히프미테에게 은근히 마음이 있는 것 같은 눈치였다. 하지만 히프미테는 여전히 고민스러운 표정으로 허락을 망설이고 있었다.

"정 걱정이 되면 내 손주 녀석을 딸려보내지 뭐. 우리 부족에서 최고로 용감한 사냥꾼이고 머리도 영리하니까 아마 도움이 많이 될 거야."

"영감한테 손주가 있었수?"

"친손주는 아냐. 어렸을 때 부모를 잃고 고아가 되는 바람에 내가 데려다 키웠거든. 하지만 거의 친손주나 다름없지."

"몇 살인데요?"

"열일곱."

"그럼 저보다 어리니까 제가 형이네요, 히히."

빠제는 정글 속으로 약초를 캐러 간 손자가 오늘 저녁 때쯤 돌아올 거라며 그때까지 탐험에 필요한 물건들을 장만해 주겠노라고 말했다. 유난히 친절을 베푸는 걸로 봐서 역시 히프미테에게 단단히 빠진 게 분명했다.

"할아버지, 저 왔어요."

저녁식사를 하고 있던 세 사람이 일제히 눈길을 돌렸다. 오두막 입구에 건장한 체격의 소년 하나가 늠름하게 서 있었다. 머리에 깃털을 꽂고 얼굴에 붉은 물감을 칠한 소년은 야자나무 잎들을 치마처럼 허리에 두르고 있었다. 해질 무렵의 역광을 받고 선 모습은 마치 밀림을 누비고 다니는 타잔처럼 근사하게 보였다.

"수고했다, 마쿠나이마."

소년은 낯선 손님들을 보고 의아한 표정으로 할아버지에게 눈길을 돌렸다. 빠제가 그들을 손자에게 차례로 소개했다.

"인사드려라. 이 할멈은 히프미테 여왕, 그리고 이 총각은 꼬레아에서 온 노빈손."

마쿠나이마와 노빈손의 눈길이 마주쳤다. 두 사람의 눈빛은 상당히 대조적이었다. 노빈손이 멋지다는 표정으로 상대를 바라본 반면, 마쿠나이마는 약간 가소롭다는 듯한 표정을 짓고 있었다. 뭐 저런 허여멀건하고 멀대 같은 놈이 다 있냐는 듯이……

"안녕하세요, 여왕님."

히프미테에게 꾸벅 인사를 한 마쿠나이마는 노빈손에겐 아무 말도 하지 않고 한쪽 구석에 앉았다. 악수를 하기 위해 손을 내밀던 노빈손은 약간 머쓱해져서 손을 도로 거둬

인디오는 남자가 더 멋쟁이

인디오들은 외모를 매우 중요하게 여기며 남자들도 여자 못지않게 치장에 신경을 쓴다. 머리에 새의 깃털을 꽂고 온 몸을 식물성 물감으로 화려하게 칠하는 건 거의 모든 인디오들의 기본 패션. 아나토 씨에서 뽑아낸 빨간 물감을 특히 많이 사용하는데, 그건 빨간색이 악령들의 침입을 막아 준다고 믿기 때문이다. 참고로, '인디오'는 인디언을 뜻하는 스페인어, 북아메리카 원주민은 '인디언'이라고 부르고 남아메리카 원주민은 '인디오'라고 부르며 두 말의 뜻은 같다.

들였다. 저 녀석이 왜 저렇게 시큰둥하지?

"마쿠나이마, 네가 해야 할 일이 하나 생겼다. 이 총각과 함께 신탁을 풀기 위한 탐험에 나서야겠어. 초행길이니까 아무래도 니가 도와주는 게……."

"싫어요."

엥? 싫어? 이게 웬 정글에 나무 부러지는 소리냐. 노빈손은 멍한 표정으로 마쿠나이마와 빠제를 번갈아 쳐다보았다. 세상에 저런 버르장머리 없는 손자가 있을 줄이야.

"난 저 녀석이 싫어요. 저 녀석이랑은 같이 안 갈 거예요."

"야!"

참다 못한 노빈손이 소리를 버럭 질렀다. 처음 만나자마자 무작정 싫다니. 게다가 나이도 어린 주제에 반말을 하고 있지 않은가. 자존심 강한 노빈손으로서는 도저히 참을 수 없는 일생일대의 모욕이었다.

"너 나 알아? 내가 왜 싫은지 이유를 대봐. 그리구 반말 하지 마. 나이도 어린 게."

그러자 마쿠나이마가 퉁명스럽게 대답했다.

"너 뱀 잡을 줄 알아? 너 카누 탈 줄 알아? 너 나무에 기어 올라갈 수 있어?"

"……못해."

"그러니까 싫어. 우이투투의 용사들은 용감하지 않은 사람은 절대 친구로 사귀지 않아. 그리고 형님 대접도 안 해. 나이만 많으면 뭐해? 쓸모가 없는데."

"이익……."

노빈손은 그만 할말을 잃고 숨만 씩씩 내뱉었다. 마쿠나이마의 말대로 자긴 정글에서 할 줄 아는 게 아무것도 없었기 때문이다. 그때 히프미테가 조용히 입을 열었다.

"얘야."

"네, 여왕님."

"니 말이 다 맞긴 하지만 그래도 좀 도와줄 순 없겠니? 이 일은 내겐 목숨보다도 더 중요한 일이란다. 빈손이는 자기 일도 아닌데 날 위해 나선 거야. 그러니 너도……."

"……."

마쿠나이마는 잠시 고개를 숙이고 뭔가 생각에 잠겼다. 히프미테의 간절한 애원이 그의 마음을 움직인 듯했다. 잠시 후, 그는 고개를 끄덕이며 대답했다.

"저 녀석은 마음에 안 들지만 여왕님을 봐서 같이 갈게요."

"고맙다. 정말 고마워."

히프미테가 마쿠나이마의 손을 덥석 잡으며 눈물을 글썽거렸다. 빠제가 기특하다는 표정으로 손주의 등을 툭툭 두드렸다. 그날 밤, 노빈손은 저 시건방진 녀석과 함께 떠날 일이 걱정되어 밤새도록 잠을 설쳤다.

2

달의 눈물 아마존

노빈손과 마쿠나이마는 이튿날 아침 일찍 길을 떠났다. 어디까지 가야 마호가니 신목을 발견할 수 있을지는 아무도 몰랐다. 단지 동쪽으로 가다 보면 발견할 수 있으리라는 막연한 기대만이 있을 뿐이었다.

마쿠나이마는 활과 창, 그리고 단검을 챙겼다. 등에는 3m가 넘는 긴 화살총을 검객처럼 비스듬히 비끄러맸다. 화살을 꽂고 입으로 불면 수십 미터 밖에 있는 목표물도 맞힐 수 있는 인디오들의 비장의 무기였다.

노빈손의 목에는 초승달 모양의 목걸이가 걸려 있었다.

스콜은 바람의 이름이다
스콜은 원래 '갑자기 일어나는 강한 바람'이란 뜻. 비 없이 바람만 불면 '흰 스콜', 소나기를 동반하면 '뇌우 스콜'이다. 하지만 대부분의 스콜이 소나기와 함께 발생하기 때문에 일반적으로 스콜이라고 하면 소나기를 뜻하는 경우가 많다. 아마존처럼 햇볕이 강하고 수분 증발량이 많은 열대지방에서는 매일 한차례씩 스콜이 내린다.

행운을 가져다줄 거라며 히프미테가 손수 걸어준 여왕의 목걸이였다.

일단은 빠제의 낡은 카누를 타고 가기로 했다. 배를 타고 아마존 강의 본류로 나가면 물줄기가 남미대륙을 가로질러 대서양까지 동쪽으로 곧장 흐르기 때문이다. 아침마다 퍼붓는 스콜(소나기)로 인해 물빛은 마치 흙탕물처럼 누르죽죽했다.

주변을 둘러보던 노빈손은 문득 이상한 표정을 지었다. 커다란 아름드리 나무들이 물 위로 삐죽삐죽 솟아 있는 게 보였기 때문이다. 세상에 강 밑바닥에 뿌리를 내리고 사는 나무가 있다니? 그는 고개를 갸웃하며 마쿠나이마에게 물었다.

"저 나무들은 왜 강에서 살아?"

마쿠나이마는 별 바보 같은 소리 다 들어보겠다는 듯 짧게 내답했다.

"여긴 강이 아니야."

"그럼 뭐야. 호수야?"

"여긴 빠지아야. 건기 때 물이 빠지면 바닥이 드러나면서 정글로 변해. 우기가 되면 다시 물에 잠기고. 지금은 7월이니까 우기의 막바지야. 아마존엔 이런 곳들이 무진장 많아."

"하지만 나무들이 물에 몇 달씩 잠겨 있으면 다 썩지 않아?"

"빠지아의 나무들은 괜찮아. 오랫동안 그런 환경에 적응해 왔으니까."

"히야~ 완전히 수륙양용이네?"

"무슨 양놈?"

"수륙양용! 물과 뭍에서 동시에 사용한다는 뜻이야. 넌 해병대가 타고 다니는 수륙양용 장갑차도 모르냐?"

노빈손은 모처럼 상대를 구박할 일이 생겼다는 생각에 신이 나서 떠들어댔다. 비록 정글에선 자기가 마쿠나이마보다 못하지만 다른 분야라면 얼마든지 이길 수 있다고 믿었던 것이다. 하지만 마쿠나이마의 대답은 여전히 시큰둥했다.

"장갑차 같은 건 아무 짝에도 쓸모없는 물건이야. 우린 전쟁을 싫어해. 무기는 사람들을 서로 싸우게 하고 다치고 죽게 만들잖아?"

"하지만……."

노빈손은 뭔가 반박할 말을 찾기 위해 눈알을 떼구르르 굴렸다. 하지만 미처 할말을 생각해 내기도 전에 마쿠나이마가 다시 말을 이었다.

"우리 조상들은 무기를 든 유럽인들에게 수천 년 간 살던 땅을 잃고 정글로 쫓겨 왔어. 내 부모님은 밀렵꾼들이 쏜 총에 맞아서 돌아가셨고. 그들은 수많은 나무들을 베고

수륙양용의 정글 빠지아
아마존의 연간 강수량은 무려 2천~3천 mm. 그 중 12월~7월 사이의 우기에 집중되기 때문에 우기가 되면 강 주변의 정글은 범람한 강물에 늘 잠겨 있게 된다. 수륙양용의 독특한 생태계를 이루는 이 '빠지아'는 좌우 20Km 지역에 분포하며 총 면적은 약 70만 Km^2. 1년 내내 물에 잠겨 있는 지역은 '이가포', 전혀 물이 들어오지 않는 지역은 '테라피르메'라고 한다.

49

전체 인디오는 몇 명?
포르투갈 인들이 브라질에
발을 처음 들여놓았던 16세
기 초에 인디오의 수는 약
6백만. 하지만 정복자들과의
전쟁 과정에서 무수히 죽어
갔고, 생존자들은 모든 것을
백인들에게 빼앗긴 채 점점
더 깊은 정글 속으로 쫓겨
들어갔다. 현재 아마존에 남
아 있는 인디오 숫자는 고작
20만. 브라질 전체 인구 1억
6천만 중 겨우 0.001%에
불과하다.

엄청난 동물들을 죽이면서 정글을 망가뜨렸어."

말을 마친 마쿠나이마는 슬픈 표정으로 묵묵히 노를 저었다. 노빈손은 그가 씩씩한 겉모습과는 달리 많은 상처를 가지고 있음을 깨달았다. 왠지 그가 가엾게 느껴졌고, 한편으로는 어른스러워 보이기도 했다.

잠시 후, 카누는 드넓은 빠지아를 지나 아마존 강의 작은 지류로 접어들었다.

"으앗!"

노빈손이 갑자기 비명을 지르며 마쿠나이마의 팔에 매달렸다. 카누로부터 그리 멀지 않은 강기슭에 악어떼 수십 마리가 우글거리고 있었던 것이다. 녀석들은 얕은 물 속에 몸을 반쯤 담근 채 날카로운 이빨이 박힌 주둥이를 쩍 벌리고 있었다.

"바보야, 호들갑 좀 떨지 마. 악어 처음 보냐?"

마쿠나이마가 팔을 뿌리치며 나무라듯 말했다. 노빈손은 말끝마다 바보라고 부르는 마쿠나이마가 못마땅해 잔뜩 얼굴을 찌푸리며 대꾸했다.

"그래! 처음 본다."

"촌닭 같으니라구."

마쿠나이마는 피식 웃더니 노빈손에게 설명을 늘어놓기 시작했다.

"녀석들의 이름은 야카레야. 지금 쟤들은 사냥 중이야. 저렇게 상류를 향해 입을 벌리고 있으면 물고기들이 물이랑 같이 빨려 들어오거든."

"저게 사냥하는 거라구?"

노빈손은 고개를 갸웃하며 다시 야카레들을 쳐다보았다. 감나무 밑에서 입 벌리고 감 떨어지기 기다린다는 얘긴 들어봤어도 강에서 입 벌리고 물고기 기다린다는 얘긴 생전 처음 들었던 것이다.

"옛날엔 야카레가 무진장 많았었는데 요즘은 많이 줄었어. 밀렵꾼들이 마구 잡아갔거든."

"왜?"

"쟤들의 가죽으로 지갑이나 가방을 만든대나? 참 이상한 족속들이지?"

그러더니 마쿠나이마는 갑자기 노빈손을 향해 고개를 획

아마존 악어 야카레

인디오들이 '야카레'라고 부르는 아마존 악어의 정식 이름은 카이만. 1백여 마리가 군집생활을 하며 제일 작은 게 1.5m. 큰 경우엔 무려 4.5m나 된다. 양쪽 눈 사이에 코뼈가 튀어나와 안경처럼 보이기 때문에 '안경 카이만'이라고도 한다. 모두 세 개의 눈꺼풀을 가지고 있으며, 반투명한 막으로 되어 있는 세 번째 눈꺼풀은 물속에서 눈을 보호하는 역할을 한다.

돌리며 의심스러운 눈초리로 물었다.

"혹시 너도 같은 족속 아냐?"

"무슨 소릴…… 난 아니야. 내 건 비닐지갑이란 말야."

노빈손은 손을 내저으며 뒷주머니에서 지갑을 꺼내 보란 듯이 흔들어댔다. 하지만 마쿠나이마는 여전히 못 믿겠다는 표정으로 노빈손의 허리춤을 쳐다보았다.

"허리띠도 꺼내 봐."

"이게 진짜…… 자! 봐라, 봐."

마쿠나이마는 노빈손의 허리띠를 쓰다듬어 보더니 고개를 끄덕이며 말했다.

"염소 가죽이로군. 악어가 아니니까 봐준다."

"안 봐주면 대체 어쩔 건데?"

노빈손은 악어가 으르렁거리듯 따져 물었지만 속으로는 약간 뜨끔한 기분이 들었다. 허리띠를 살 때 말숙이와 벌였던 말다툼이 떠올랐기 때문이다. 그때 노빈손은 악어가죽으로 사겠다고 빡빡 우기다가 말숙이에게 서너 대를 연타로 맞고 나서야 고집을 꺾었었다.

"정글의 질서를 해치는 사람들은 죄다 혼나야 해. 신이 그들을 혼내지 않으면 나라도 혼내 줄 거야."

노를 젓는 마쿠나이마의 팔에 굵은 힘줄이 불끈 솟아올랐다.

아마존 동물들의 재미있는 상부상조

이웃끼리 서로 돕는 건 인간들만의 미덕은 아니다. 서로 도 와가며 필요한 것들을 주고받는 건 동물들의 세계에서도 흔히 볼 수 있는 아름다운 풍경이다. 다음은 아마존 동물들의 재미있는 상부 상조 이야기.

악어와 나비

악어는 복이 많은 동물이다. 이빨 청소는 악어새가 해주고 눈 청소는 나비가 해주기 때문이다. 야카레가 물가에서 쉬고 있을 때면 나비들이 눈에 바싹 달라붙어 눈물을 빨아먹는다. 당분과 단백 질이 풍부한 야카레의 눈물은 꽃가루와 더불어 나비들의 2대 주식. 나비는 영양식을 먹어서 좋고 야카레는 눈이 개운해서 좋다. 일명 '눈물겨운 상부상조'.

사슴과 딱새

아마존 남쪽의 빤따날 초원에 사는 팜파스 사슴은 언제나 노란 딱새 한두 마리를 몰고 다닌다. 딱새는 사슴의 털 속에 있는 기생충들을 잡아먹는 일종의 '피부 관리사'. 만일 딱새가 없다면 사슴의 몸은 금세 벼룩들의 아파트로 전락하게 될 것이다. 딱새는 배불러서 좋고 사슴은 피부가 깨끗해져서 좋다. 일명 '벼룩시장 상부 상조'.

수달과 똥새
아마존 수달은 식사와 배설과 일광욕 장소를 각각 따로 정해 놓고 늘 그 자리만 찾는다. 가족 전용 식당과 화장실과 선탠장을 두루 갖춘 동물은 전세계를 통틀어 오직 수달뿐이다. 더 놀라운 건 화장실 청소부까지 따로 두고 있다는 점. 똥을 누고 나면 새들이 모여들어 배설물에 섞인 음식 찌꺼기를 쪼아먹고, 그 과정에서 자연스럽게 '건더기'들이 청소된다(청소에 가담하는 새들이 여러 종류이므로 그냥 뭉뚱그려서 '똥새'라고 부르자). 똥새는 간식 먹어서 좋고 수달은 오물세를 따로 안 내서 좋다. 일명 '냄새 나는 상부상조'.

카누는 조용히 물 위를 미끄러져 내려갔다. 해가 넘어가면서 정글과 물 위로 서서히 어둠이 내려앉았다. 마쿠나이마는 강 기슭에 카누를 대고 야영지를 정한 다음 익숙한 솜씨로 나뭇가지를 비벼 불을 피웠다.

"아마존 강은 넓고도 넓어. 강이라기보다는 바다라고 해야 맞을 정도지. 우린 이 강을 달의 눈물이라고 불러."

"달의 눈물?"

"아득한 옛날, 천지가 창조될 때 태양에서 작은 덩어리 하나가 떨어져 나와 달이 되었대. 달은 태양이 그리워 오랫동안 눈물을 흘렸고, 그 눈물이 모여서 아마존 강이 되었다는 거야. 인디오들 사이에 전해지는 전설이지."

마쿠나이마는 말을 하다 말고 조용히 밤하늘을 올려다보았다. 하얀 달이 은은하고 신비로운 빛을 뿌리고 있었다.

"달이 뜨면 숲의 정령들이 하나둘씩 나오기 시작해. 달 밤엔 바람, 물 그리고 작은 나뭇잎에도 영혼이 깃들지. 그 마법을 감시하는 건 올빼미야. 그래서 한밤중에도 올빼미는 홀로 눈을 빛내며 깨어 있는 거고."

마쿠나이마는 잠이 오는지 악어처럼 입을 쩌억 벌리며 하품을 했다. 그리고는 그물처럼 생긴 해먹 두 개를 나뭇가지에 나란히 걸었다.

"저어…… 이렇게 밖에서 자면 호랑이나 사자가 덮치지 않을까?"

"바보야. 아마존엔 그런 동물들은 없어. 제일 사나운 건
재규어나 퓨마야. 하지만 겁낼 거 없어. 여긴 녀석들이 다
니는 길목이 아냐."

"그걸 어떻게 알어? 팻말도 없는데."

"냄새로 알지. 녀석들은 냄새로 영토를 표시하거든. 난
그걸 맡을 수 있어."

하지만 노빈손은 그 말을 믿을 수 없었다. 마쿠나이마가
코감기에 걸려 냄새를 못 맡았을 수도 있기 때문이다. 그러
자 갑자기 잠이 확 달아나며 정신이 말똥말똥해졌다. 목숨
을 걸고 잠을 자느니 차라리 밤을 새는 게 낫다는 생각이었
다.

그날 밤, 노빈손은 가족들과 말숙이를 생각하며 거의 뜬
눈으로 밤을 새웠다. 달의 눈물 아마존에 노빈손의 짭짤한
눈물 몇 방울이 덧보태졌다.

아마존의 신비한 약초

"으으, 정말 미치겠네."

노빈손은 신음을 내뱉으며 자꾸만 몸을 꼬았다. 간밤에
모기에게 헌혈한 흔적이 몸 곳곳에 벌겋게 남아 있었다. 잠

깐 조는 사이에 굶주린 모기들이 드라큘라처럼 달려들었던
것이다.

"바보야, 긁지 마. 긁었다간 축구공처럼 부풀어 오를 테
니까."

"그럼 어떡하란 말야?"

"그냥 침 발러."

"우리 엄마랑 똑같은 소릴 하는구만."

손가락에 침을 묻혀 가려운 곳에 바르던 노빈손은 감질
이 나는지 아예 혓바닥으로 팔다리를 쓱쓱 핥기 시작했다.
마쿠나이마가 피식 웃으며 빈정거렸다.

침은 인체가 만든 살균제
침은 뺨과 입술, 혀, 입천장
등에 흩어져 있는 침샘에서
분비되며 수분·점액·단백
질·무기염류 그리고 소화
효소인 아밀라아제로 구성
되어 있다. 하루에 분비되는
양은 1.5~2ℓ. 벌레에 물렸
을 때 침을 바르는 건 침의
항균작용 때문이다. 침 속에
섞여 있는 '라이소짐'은 세
균을 녹여서 파괴하는 효소
이며 '감마글로블린'은 세균
의 몸 속 침투를 막는 항체
역할을 한다.

"생긴 건 노새 같은데 하는 짓은 꼭 강아지 같군."

"이게 진짜……."

마쿠나이마는 벌겋게 부풀어오른 노빈손의 팔다리가 측은했던지 잠시 카누를 멈추고 정글 속으로 들어갔다. 그리고는 콩잎처럼 생긴 풀잎을 몇 개 뜯어서 잘게 으깨기 시작했다.

"그게 뭐야?"

"모기에 물렸을 때 바르는 약이지."

"진짜?"

노빈손은 반신반의하며 그 풀즙을 팔과 다리에 발랐다. 그러자 이내 시원한 느낌이 퍼지며 가려움증이 한결 잦아들었다.

"야, 너 꽤 쓸 만하다. 한의사도 아닌데 어떻게 이런 약초를 알어?"

"정글에서 사는 사람에겐 이런 건 기본이야. 짐승들도 아는데 뭐."

"짐승들이 약초를 안다구? 설마……."

"진짜라니까. 재규어나 퓨마는 먹이를 먹고 나면 늘 똑같은 풀잎을 찾아서 씹어. 어떤 식물이 소화제 구실을 하는지 본능적으로 아는 거야. 배탈이 나면 그땐 또 설사약을 찾아서 씹는다구. 정글엔 온갖 신비한 약초들이 사방에 널려 있어."

"히야아—."

신기한 표정으로 얘기를 듣고 있던 노빈손의 배에서 갑자기 꼬르륵 소리가 났다. 알람시계보다도 정확한 그의 위장이 어김없이 아침식사 시간을 알리고 있는 것이다. 세 끼 식사에 간식까지 합쳐서 하루에 최소한 여섯 번은 먹어야 직성이 풀리는 노빈손으로서는 배고픈 것만큼 참기 힘든 일이 없었다.

"아무렴! 수염이 석자라도 먹어야 양반이지. 아마존도 식후경이라는데……."

노빈손은 화살 하나를 뽑아들고 강가로 나갔다. 타잔이 창으로 물고기를 꿰어 잡듯 화살로 물고기를 잡아볼 생각이었다. 하지만 노빈손이 화살을 내리꽂는 속도는 물고기들에 비하면 그야말로 굼벵이 수준이었다. 한참 동안 비지땀을 흘리던 노빈손은 결국 제풀에 지쳐 강가에 털썩 주저앉았다.

물 위로 둥둥 떠내려오는 물고기들이 눈에 띈 건 바로 그때였다. 팔뚝만한 물고기들이 마치 배영을 하듯 물 위에 드러누운 채 줄줄이 떠내려오고 있었다. 멀리서 마쿠나이마가 큰 소리로 재촉하는 소리가 들렸다.

"구경만 하지 말고 빨리 담어."

노빈손은 허겁지겁 강으로 뛰어들었다. 하지만 물고기들이 미끈덩거리는 바람에 제대로 건져올린 건 겨우 대여섯

꼬르륵 소리는 바람 빠지는 소리

배가 고프면 왜 꼬르륵 소리가 날까. 사람의 위장에서는 위벽이 조여들었다 펴졌다 하는 '연동운동'이 20~25초에 한 번씩 일어난다. 음식물과 위액을 골고루 섞어 소화를 촉진시키기 위한 것. 그런데 뱃속이 허전한 상태에서는 비어 있는 공간만큼 위벽이 더 세게 죄어들고, 이때 빈 공간에 고여 있던 공기가 밀리면서 바람 빠지는 소리가 나는 것이다.

바르바스코의 후예 바비큐
건기가 되어 강의 수위가 낮
아지면 바르바스코 고기잡
이에 나선 인디오들은 떠내
려오는 물고기들을 아예 양
동이로 퍼올린다. 그 다음엔
나무로 시렁을 만들고 뜨거
운 숯으로 물고기들을 훈제
처리하여 저장해 둔다. 이
시렁의 이름은 '바르바코
아'. 그 말이 스페인 사람들
에 의해 서양으로 퍼지면서
우리가 즐겨먹는 '바비큐'가
되었다.

마리뿐이었다.

"바보야. 주는 떡도 못 받아먹냐?"

마쿠나이마가 잔뜩 부은 얼굴로 노빈손에게 핀잔을 주었
다. 우쒸, 무인도에서는 잘 잡았었는데……. 1년간 쉬다보
니 그새 감각이 많이 떨어진 모양이었다.

"근데…… 어떻게 잡은 거야?"

노빈손이 창피한 와중에서도 궁금증을 이기지 못하고 물
었다.

"바르바스코."

"무슨 코?"

"바르바스코라구. 이 풀의 이름이야."

마쿠나이마가 망태기에 담긴 풀을 손으로 가리켰다.

"이건 마취제야. 이 풀을 으깨서 즙을 낸 뒤 강물에 흘려
보내면 아까처럼 기절한 물고기들이 둥둥 떠올라. 좁은 개
울에서 물을 막고 이걸 풀면 완전히 물 반 고기 반이 된다
구."

"우와~ 신기하다."

마쿠나이마는 물고기를 먹음직스럽게 구웠다. 노빈손은
맹렬한 속도로 물고기들을 으적으적 씹었다. 마쿠나이마보
다 한 마리라도 더 먹기 위해서였다.

허준이 아마존에 갔었더라면……

아마존은 신비한 약초들로 가득한 인류의 보물창고다. 정글 전체가 하나의 거대한 약국이라고 해도 지나치지 않을 정도다. 항생제, 진통제, 이뇨제, 설사약 등 우리가 평소에 사용하는 모든 약의 4분의 1은 아마존을 비롯한 열대우림의 식물에서 얻은 것들이다.

정글표 약초들을 세상에 널리 알린 일등공신은 다름 아닌 인디오. 킨코나나무 껍질에서 추출하는 말라리아 치료제 키니네는 그 나무껍질을 삶은 물로 환자를 치료하는 인디오의 전통요법 덕분에 발견되었다. 많은 학자들이 눈에 불을 켜고 아마존으로 모여드는 것도 인디오들의 그 같은 비법을 배우기 위함이다.

아마존 동남부에 사는 카야포족의 생활을 연구하던 과학자들은 놀라운 사실을 발견했다. 인디오들이 이질(항문이 헐고 혈변이 나오는 전염병)을 무려 250가지 유형으로 구분하고 각각의 증상에 대해 서로 다른 치료법을 사용하더라는 것. 그 경이로운 녹색의 의술 앞에서 박사님들과 의사 선생님들이 얼마나 경악을 했을지는 보지 않아도 충분히 짐작이 간다.

미국 '샤먼제약'의 설립자 리사 콩트는 인디오들이 사용하는 약초를 연구하기 위해 탐사대를 이끌고 아마존으로 갔다. 그리고 주술사들이 크로톤이라는 식물의 즙으로 설사와 곪은 상처를 치료하는 것에서 힌트를 얻어 크로톤을 원료로 한 신약 '프로비어'를 개발했다. 그 약은 까다롭기로 소문난 미국의 식품의약국(FDA)에서 일부 테스트를 생략하고 특별추천을 결정할 정도로 효능이 뛰어났다고 한다.

현재 열대우림에서 나오는 의학적 가치는 1년에 무려 3백억 불(약 3조 5천억 원). 하지만 미래의 가능성에 비하면 그건 그야말로 껍값에 불과하다. 암 전문가들은 열대우림에 최소한 10종류의 암 치료제가 있을 것으로 추측하고 있다. 에이즈 전문가들이 가장 큰 기대를 걸고 있는 곳 역시 정글이다. 열대우림의 무수한 식물들 중 지금까지 대충이라도 조사된 건 겨우 10분의 1. 자세히 조사된 식물은 기껏해야 100분의 1에 불과하다.

인류를 질병으로부터 구원해 줄 마지막 희망 아마존. 만일 허준 선생이 아마존에 가서 약초를 연구했다면 어떻게 됐을까. 반위(암)와 진심통(심근경색)을 비롯한 대부분의 난치병들이 감기 정도의 가벼운 병으로 변하지 않았을까. 어쩌면 〈동의보감〉보다 훨씬 위대한 불멸의 의서가 탄생했을지도 모른다. 책 제목은 당연히 〈아의보감〉이 되었을 테고.

"끄윽~ 잘 먹었다."

노빈손은 생선 가시로 이를 쑤시며 길게 트림을 했다. 마쿠나이마가 얼굴을 찌푸리며 고개를 돌리는 순간, 이번에는 가죽주머니에서 바람 빠지는 듯한 소리가 노빈손의 엉덩이 틈으로 새어나왔다. 피시시식~.

"정말 스컹크보다도 더한 녀석이군. 위아래로 냄새를 뿜다니."

마쿠나이마는 코를 움켜쥔 채 카누를 향해 돌아섰다. 하지만 노빈손은 왠지 그 자리에서 꼼짝도 하지 않은 채 엉거주춤한 자세로 몸을 비틀고 있었다.

"으으~ 한 걸음도 못 걷겠어."

"왜 그래? 똥 마려운 강아지마냥."

"바로 그거야."

"뭐?"

"똥 마렵단 말야."

노빈손은 욕심을 부리며 과식을 한 나머지 그만 배탈이 나고 만 것이었다. 마쿠나이마는 저 골칫덩어리를 대체 어떻게 해야 좋을지 모르겠다는 표정으로 머리를 휘휘 저으며 커다란 나무 곁으로 다가갔다. 그리고는 칼로 흠집을 내어 하얀 수액을 받아냈다.

"그건 또 뭐야?"

"배 아플 때 먹는 약이야. 똥 누고 이거 먹으면 금방 나을 거야."

노빈손은 나무 뒤에 쭈그리고 앉아 한동안 끙끙거린 다음 그 수액을 마셨다. 그러는 동안 마쿠나이마는 어디선가 또 다른 덩굴나무의 수액을 받아 왔다. 배탈이 좀 가셨는지 연신 끅끅대며 트림을 하던 노빈손이 물었다.

"그건 어디에 먹는 약이야?"

"바보. 이건 먹는 게 아니야. 화살 끝에 바르는 '큐라레'라는 독약이라구. 이걸 바른 화살에 맞으면 온 몸이 마비되면서 서서히 죽게 돼."

마쿠나이마는 그 수액을 화살촉에 바르다 말고 노빈손을 힐끗 쳐다보며 말했다.

"한번 마셔볼래?"

"윽! 싫어. 당장 저리 치워."

노빈손은 손사래를 치며 큐라레를 밀어낸 뒤 조용히 중얼거렸다.

"약 좋다고 남용 말고 약 모르고 오용 말자……."

다베라족의 악당들

살아있는 화석, 맥
맥은 인류가 존재하기 훨씬 전부터 지구에서 살아왔다. 2천만 년 동안 모습이 전혀 변하지 않은 까닭에 흔히 '살아있는 화석'으로 불린다. 몸길이 1~1.3m에 몸무게 150~200Kg으로 아마존 최대의 육상동물인 맥의 상징은 코끼리처럼 길쭉한 코. 남아메리카뿐만 아니라 아시아에서도 살고 있으며, 이는 '대륙분리설'의 중요한 근거로 여겨지고 있다.

"앗! 맥이다."

열심히 노를 젓던 마쿠나이마가 갑자기 반색을 하며 소리를 질렀다. 노빈손은 그가 가리키는 쪽으로 고개를 돌렸다. 코가 길쭉한 이상한 동물이 강변에서 한가로이 나뭇잎을 먹고 있었다.

"맥? 저 녀석 이름이 맥이야?"

"아마존에 아직도 맥이 남아 있다니. 완전히 사라진 줄 알았는데……."

65

마쿠나이마는 마치 옛 친구를 십 년 만에 만난 사람처럼 반가운 표정으로 맥을 향해 열심히 손을 흔들었다. 그리고는 흥분한 목소리로 노빈손에게 설명을 늘어놓았다.

"맥은 아주 신비한 동물이야. 옛날에 신이 소의 발굽과 돼지의 몸통과 코끼리의 코를 모아서 저 녀석을 만들었대."

마쿠나이마는 문득 고개를 돌려 노빈손을 쳐다보며 물었다.

"혹시 너도 그렇게 만들어진 거 아냐?"

"내가 뭐?"

"넌 생긴 건 노새 같고 행동은 강아지 같고 먹성은 돼지 같잖아."

"이익……."

마쿠나이마는 노빈손이 부들부들 떠는 모습을 재미있다는 듯 바라보다가 문득 우울한 표정을 지었다.

"맥은 안데스와 아마존을 제 집처럼 돌아다니던 동물이었는데…… 이젠 여간해선 찾아보기가 힘들어. 나도 저 녀석을 거의 3년 만에 본 거야."

"다 어디 갔는데?"

"어디 가긴. 몹쓸 밀렵꾼들이 몽땅 잡아갔지."

마쿠나이마의 목소리엔 진한 슬픔이 묻어 있었다. 고개를 들어 하늘을 올려다보는 그의 눈에서 이슬 한 방울이 반짝거렸다.

아마존 경계경보! 밀렵과 멸종

야생의 천국 아마존은 지금 커다란 위기에 처해 있다. 무분별한 밀렵으로 인해 동물들의 씨가 말라가고 있기 때문이다. 밀렵꾼들에 의해 희생되는 아마존 동물들의 숫자는 1년에 무려 1천만 마리. 이대로 가다간 머지않아 대부분의 동물들이 완전히 멸종된 채 그림이나 박제로만 존재하게 될 것이다.

아마존의 깃대종 맥은 슬프게도 30만 년이라는 긴 역사의 종말을 눈앞에 두고 있다. 늪지의 제왕 야카레(카이만 악어)는 가죽을 노리는 사람들에 의해 급속히 그 수가 줄고 있는 중이다. 아마존의 황제 재규어와 퓨마, 지상 최대의 설치류 카피바라, 정글 최고의 굼벵이 나무늘보, 아마존의 마스코트 황금사자 타마린 원숭이…….
그밖에도 수많은 동물들이 밀렵의 표적이 되어 정글에서 사라져가고 있다.

다른 지역들도 상황은 비슷하다. 아프리카 아시아 시베리아는 물론이고 심지어는 남극과 북극까지, 밀렵의 총구가 번뜩이지 않는 곳은 아무 데도 없다. 모피코트용으로 죽어가는 동물만 해도 1년에 무려 4천만 마리. 모피코트 한 벌을 만들려면 100마리의 친칠라와 11마리의 여우와 100~200마리의 밍크가 목숨을 바쳐야 한다.

우리나라 역시 동물들의 안전지대는 아니다. '한국 생물다양성협의회'의 조사에 의하면 이 땅 포유동물의 26%, 조류의 13%, 담수어류의 19%, 양서류의 60%, 파충류의 45%가 이미 희귀종이 되어 있거나 혹은 멸종 위기에 놓여 있다고 한다. 어쩌면 21세기의 한국 아이들은 다람쥐나 개구리나 참새나 미꾸라지를 영영 못 보게 될지도 모른다.

　　현재 지구상에서는 매년 약 4만 종의 생물이 멸종하고 있
다. '유엔환경계획'에 의하면 앞으로 30년 안에 지구 생물종의 4분
의 1이 사라질 것이라고 한다. 지구 생물이 1천만 종이라면 250만
종이, 3천만 종이라면 무려 750만 종이 멸종한다는 얘기다. 공룡들
이 떼죽음을 당한 백악기 말보다도 더 참혹한 대규모의 멸종사태가
다가오고 있는 것이다. 공룡시대와 지금의 가장 큰 차이는 멸종의
원인을 대부분 인간이 제공하고 있다는 점.

　　생물들의 잇따른 멸종은 먹이사슬을 파괴하고 생태계의 균
형을 무너뜨려 결국엔 생물계 전체에 재앙을 몰고 온다. 밀렵과 도
살, 삼림훼손, 습지와 갯벌 파괴 등 인간이 저지르고 있는 모든 반
환경적 죄악들은 곧 강력한 부메랑이 되어 인간에게 되돌아올 것이
다. 아마존에 내려진 멸종 경계경보는 인류의 미래에 대한 심각한
경보이기도 하다.

둥— 둥— 둥—.

오후의 뜨거운 햇살 아래서 꾸벅꾸벅 졸고 있던 노빈손
이 눈을 번쩍 떴다. 어디선가 북소리가 길게 들려오고 있었
다. 마쿠나이마도 그 소리를 들었는지 긴장된 표정으로 강
변의 정글을 둘러보고 있는 중이었다.

"이게 무슨 소리야? 북소린가?"

"아니야. 이건 보라쿠타크 소리야."

"그게 뭔데?"

"나무 이름이야. 보라쿠타크 나무는 속이 비어 있기 때
문에 밑둥을 막대기로 치면 저렇게 공명이 일어나거든. 정
글에서 신호를 보낼 때 쓰는 방법인데……."

"그럼 인디오들 아냐?"

"이 근처엔 인디오 부족이 안 살아. 저건…… 밀렵꾼들
이야."

밀렵꾼이라니. 마쿠나이마가 미워해 마지 않는 바로 그
밀렵꾼들이란 말인가? 노빈손은 갑자기 겁이 덜컥 나며 온
몸이 긴장되는 걸 느꼈다. 마쿠나이마가 심각한 표정으로
말했다.

"아까 그 맥을 잡으러 온 놈들이 틀림없어."

"야, 빨리 도망가자. 우리도 잡아가면 어떡해."

"도망을 왜 가? 가서 맥을 구해 줘야지."

마쿠나이마는 즉시 카누를 강변으로 저어갔다. 어쩔 줄

정글 지형에 강하다! 보라쿠
타크
보라쿠타크·나무는 직경 2
m에 가까운 두꺼운 밑둥을
가지고 있다. 큰 칼이나 막
대기로 밑둥을 치면 북소리
처럼 낮고 무거운 공명이 일
어난다. 울창한 정글 속에서
도 소리가 1Km 이상 전달
되기 때문에 인디오들의 통
신수단으로 이용되며 흔히
'정글 텔레폰'으로 불린다.

원숭이 궁둥이가 빨간 이유
중국 우화에 의하면 원숭이
궁둥이가 빨간 건 '매운 고
추를 먹고 뱃속에서 불이 났
기 때문'이라고 한다. 숯을
깔고 앉는 바람에 빨갛게 익
었다는 민화도 있다. 하지만
진짜 이유는 궁둥이에 털이
없고 가죽이 얇아서 혈관이
드러나기 때문. 흔히 토끼띠
와 원숭이띠는 궁합이 안 맞
는다고들 하는데 그건 토끼
가 제 눈 색깔과 비슷한 원
숭이 궁둥이를 몹시 싫어하
기 때문이라고.

모르는 표정으로 눈만 끔벅거리던 노빈손은 무서움을 달래
려는 듯 주먹을 꽉 움켜쥐었다. 손바닥에서 식은땀이 축축
하게 배어나왔다.

밀렵꾼들은 그리 멀지 않은 곳에 있었다. 인디오들이 쌀
이나 콩을 저장해 두는 작은 창고가 그들의 임시 아지트인
듯했다. 카우보이 같은 모자를 쓰고 긴 사냥총을 든 그들의
인원은 대략 열 명쯤 되어 보였다.

노빈손과 마쿠나이마는 창문 뒤에 몸을 숨기고 가만히
그들의 행동을 지켜보았다. 두목으로 보이는 덩치 하나가
괄괄한 목소리로 말했다.

"야! 왜 소식이 없어? 또 놓친 거야?"

"금방 올 겁니다요, 형님."

"이번엔 꼭 잡아야 돼. 벌써 세 번이나 놓쳤잖아."

"꼭 잡을 겁니다요, 형님."

"술 가져와. 기다리는 동안 술이나 마시자. 캬캬캬―"

"많이 드십시오, 형님."

두목은 큰 술병을 입에 대고 계속해서 술을 들이켰다. 그
러더니 부하들을 제 앞으로 모두 불러모았다. 낮술을 마신
그의 얼굴은 원숭이 궁둥이처럼 벌겋게 달아올라 있었다.

"다베라족의 생활신조를 복창한다. 실시!"

"다베라족은 닥치는 대로 다 벤다! 다베라족은 닥치는
대로 잡는다! 다베라족에겐 피도 눈물도 없다! 다베라 만

세!! 모질라요 두목 만세!!"

순간, 마쿠나이마의 얼굴이 돌멩이처럼 딱딱하게 굳어졌다. 노빈손이 나직이 물었다.

"다베라족을 알아?"

"알고말고. 다베라족은 아마존에서 제일 못된 밀렵꾼들이야. 놈들은 정글의 나무를 닥치는 대로 베고 야생동물들을 수도 없이 잡아들여."

"좀 모자라 보이는 저 모질라요라는 사람이 두목이야?"

"저 놈은 머리가 모자란 대신 성질이 굉장히 사나워. 모질라요 밑에는 수백 명이나 되는 부하들이 있어. 일종의 조직폭력배들이야."

"으으-."

조직폭력배라니. 그럼 잡히는 날엔 그야말로 뼈도 못 추리고 당할 게 아닌가. 노빈손의 머리에 문득 얼마 전에 보았던 영화 '넘버 3'에 나오는 재떨이의 무지막지한 모습이 떠올랐다. 마쿠나이마가 아무리 용감하기로서니 총을 가진 악당들을 물리칠 수는 없을 것 같았다.

"어떡할 거야?"

"어떡하긴. 저 놈들을 쫓아보내고 맥을 구해야지."

"글쎄 어떻게 쫓아보낼 거냐구."

"좀 조용히 해. 지금 생각중이잖아."

마쿠나이마는 지그시 눈을 감고 생각에 잠겼다. 노빈손

밀렵꾼과 벌목꾼은 '조폭'? 아마존 정글에서의 불법 밀렵과 벌목은 대부분 조직적으로, 그리고 대규모로 자행된다. 밀렵조직과 벌목조직은 최신 장비와 운반수단을 갖추고 있으며, 감시의 눈길을 피하기 위해 때로는 무기까지 동원한다. 벌목한 원목을 운반하기 위해 직접 도로공사를 할 정도로 풍부한 장비와 인력을 갖추고 있기 때문에 적발하고 체포하기가 좀처럼 어렵다.

은 초조함을 달래기 위해 손가락으로 땅바닥에 이런저런 글씨를 써보았다. 총, 수류탄, 폭탄, 최루탄, 레이저광선…… 그 중 하나라도 있으면 놈들을 완전히 콩가루로 만들어 버릴 수 있을 텐데. 뭔가 좋은 방법이 없을까?

'잠깐! 콩가루라고? 콩가루라면…….'

콩가루 폭탄 대작전

"그거야! 바로 그거야!"

노빈손이 눈을 번쩍 뜨며 나직한 목소리로 부르짖었다. 마쿠나이마는 깜짝 놀라 노빈손의 입을 세게 틀어막았다.

"조용히 해. 들키면 어쩌려구 그래?"

"콩가루! 콩가루를 쓰는 거야."

"대체 지금 무슨 소릴 하는 거야? 콩가루라니?"

노빈손은 마쿠나이마에게 언젠가 TV에서 보았던 '밀가루 폭탄'에 대해 설명했다. 미세한 밀가루를 공중에 흩뿌린 뒤에 불을 붙이면 엄청난 위력의 폭발이 일어난다는 걸 기억해 냈던 것이다.

"야, 말도 안 돼. 어떻게 밀가루가 폭발을 한단 말이야?"

"진짜라니까. 내 말을 믿어. 설마 방송국에서 거짓말

했겠냐구."

"하지만 여긴 밀가루가 없잖아."

"대신 콩가루랑 쌀가루가 있잖아. 그것들도 밀가루랑 똑같은 위력을 발휘할 수 있단 말이야."

"이거야 도무지……."

마쿠나이마는 아무래도 믿을 수 없다는 듯 고개를 갸웃거리더니 창고 뒤켠으로 기어가서 마른 콩이 가득 담긴 자루 하나를 가져왔다. '페이전'이라는 이름의 아마존 콩이었다. 인디오들은 고기나 야채로 스프를 끓일 때 그 콩을 넣어서 먹는다고 했다.

"이걸 갖고 어쩐다구?"

"일단 빻아서 가루로 만들어. 최대한 곱고 미세한 가루로 만들어야 돼."

노빈손은 신이 나서 마쿠나이마에게 지시를 내렸다. 늘 바보라고 구박을 받던 그로서는 지금이 자기의 능력을 발휘할 수 있는 절호의 기회였다. 반드시 폭탄 제조에 성공해서 뭔가 보여 주고 말리라……. 노빈손은 최대한 정신을 집중하여 TV에서 본 내용들을 떠올리기 시작했다.

"가루가 고와야 되고, 기온이 높아야 되고, 밀폐된 공간이어야 하고…… 또 뭐더라? 맞아. 습도가 낮아야 돼."

"바보야, 그럼 안 되잖아. 아마존은 엄청나게 많은 수증기가 증발하는 곳인데 어떻게 습도가 낮을 수 있단 말이

공포의 밀가루 폭탄
1913년에 미국의 한 방앗간에서 폭발사고가 일어났다. 인명피해까지 있었던 그 사고의 원인은 다름 아닌 밀가루. 습도가 낮고 온도가 높은 상태에서 공기와 접촉면적이 넓은 미세한 입자에 불이 닿으면 강한 위력의 폭발이 일어나게 된다. 1999년 5월 9일 SBS의 〈호기심 천국〉에서 방영되었던 내용이다.

습도 90%의 물탱크 아마존
아마존은 지구 지표수의 1/5
이 몰려 있는 곳. 게다가 1
년에 내리는 비의 양도 2천
~3천mm에 이른다. 정글의
식물들에게서 역시 엄청난
양의 수분이 증발되고 있다.
열대우림의 나무 한 그루가
평생 발산하는 수분의 양은
약 800만~1천만 톤. 건조
할래야 건조할 수가 없는 아
마존의 연평균 습도는 무려
90%에 이른다.

야?"

"······그러네."

노빈손은 그만 풀이 죽어 입을 다물고 말았다. 기껏 좋은 방법을 생각해 냈는데 주변 조건이 영 협조를 하지 않았던 것이다. 마쿠나이마가 그럴 줄 알았다는 듯 고개를 저으며 혀를 쯧쯧거렸다.

맥의 울음소리가 들려온 건 바로 그때였다. 모질라요의 부하들이 기어이 맥을 사로잡아 끌고 온 것이다. 그들은 맥을 창고 구석의 기둥에 밧줄로 묶어놓고 술판을 벌이기 시작했다.

순간, 시무룩한 표정으로 다베라족의 동정을 살피던 노빈손이 갑자기 눈을 반짝 빛냈다. 악당들이 나뭇가지를 모아다가 창고 안에서 불을 피우고 있었던 것이다. 물고기를 구워서 술안주로 삼으려는 모양이었다.

"됐다!"

"뭐가?"

"모닥불을 피우면 창고 내부가 금방 건조해질 거 아냐. 불 때문에 습기가 다 증발해 버릴 테니까."

"그럼 뭐해? 이 콩가루를 무슨 수로 모닥불 있는 데까지 던진단 말야?"

"바보야. 그러니까 머리를 써야지."

드디어 마쿠나이마에게 '바보'라는 핀잔을 주는 데 성공한 노빈손은 몹시 흐뭇한 기분이 들었다. 지금까지는 자기가 바보였지만 이젠 완전히 전세가 역전된 것이다.

"창고 위로 올라가서 지붕 틈새로 콩가루를 떨어뜨리는 거야. 그럼 모닥불 위로 떨어지던 콩가루가 폭발할 거 아냐. 놈들은 깜짝 놀라 우왕좌왕할 거고. 그때 밧줄을 풀고 맥을 구해 주는 거야. 어때, 멋있는 계획 아냐?"

"그러느니 차라리 콩가루를 뭉쳐서 창문 틈으로 던지겠다."

"그럼 안돼. 공기와의 접촉면이 최대한 넓어야 폭발한단 말야. 그러니까 가루 알갱이들이 따로따로 흩날리게 해야 돼. 뭉쳐진 콩가루는 트럭으로 갖다 부어도 안 터진다구."

"지붕엔 누가 올라가는데?"

"당연히 너지. 난 이제 높은 데는 질색이란 말야."

마쿠나이마는 잠시 생각해 보더니 결국 고개를 끄덕였다. 노빈손이 별로 미덥지는 않았지만 지금으로서는 달리 뾰족한 수가 없었기 때문이다.

그는 넓은 나뭇잎에 콩가루를 잔뜩 싸서 허리춤에 묶은 다음 창틀을 딛고 지붕 위로 살금살금 올라갔다. 혹시 들키지 않을까 조마조마한 마음으로 지켜보는 노빈손의 이마에서 식은땀이 줄줄 흘러내렸다.

"됐어! 이제 천천히 날려."

노빈손이 손가락으로 동그라미를 그려 신호를 보냈다.

콩가루 팥가루도 폭탄이 된다
《호기심 천국》에서는 가로·세로·높이가 각 50cm인 밀폐된 투명 아크릴 박스에서 밀가루 폭발실험을 했다. 그 다음엔 가로 3m·세로 2m·높이 2.5m짜리 모의 방앗간에서 같은 실험을 했다. 결과는 콩가루와 팥가루와 쌀가루 모두 폭발. 창고가 밀폐된 공간이고 습도가 낮다면 노빈손의 콩가루 폭탄도 상대를 놀라게 할 정도의 폭발은 충분히 가능하다.

마쿠나이마는 지붕 위에 납작 엎드린 다음 천천히 창고 안으로 콩가루를 뿌리기 시작했다. 미세한 콩가루들이 먼지처럼 흩날리며 악당들의 머리 위로 천천히 떨어져 내렸다.

콩가루는 모닥불에서 올라오는 열기에 밀려 좀처럼 밑으로 내려앉지 못하고 한동안 공중에서 떠돌았다. 악당들의 머리 위로 하얀 가루들이 소리없이 내려앉고 있었다. 모질라요가 부하들에게 눈살을 찌푸리며 말했다.

"이놈들아! 머리 좀 감고 다녀라. 웬 비듬이 그렇게 많아? 아예 펄펄 날리네 날려."

"겨우 일주일밖에 안 됐습니다요, 형님."

"지저분한 놈들 같으니라구."

모질라요는 투덜거리며 술안주에 묻은 하얀 가루를 털어냈다. 바로 그 순간.

펑! 퍼퍼펑!

수류탄이 터지는 것 같은 요란한 폭발음이 창고 건물을 뒤흔들었다. 악당들은 다들 혼비백산하여 비명을 지르며 바닥에 데굴데굴 나뒹굴었다.

"으악! 이게 웬 난리냐!"

"꺅! 내 궁뎅이에 불이 붙었어!"

"에구구— 내 머리에 붙은 불 좀 꺼줘요."

악당들이 정신을 못 차리는 사이 밑으로 내려온 마쿠나이마는 재빨리 맥이 묶여 있는 기둥으로 다가가 밧줄을 풀었다. 맥은 고맙다는 듯 두어 번 마쿠나이마를 향해 고개를 주억거리더니 쏜살같이 정글 속으로 달아났다. 멀리서 이 광경을 지켜본 노빈손은 벌떡 일어나며 큰 소리로 만세를 불렀다. 콩가루 작전 대성공이었다.

노빈손과 마쿠나이마는 뒤도 돌아보지 않고 한달음에 카누를 향해 뛰어갔다. 숨이 턱까지 차올랐지만 기분만은 한없이 유쾌했다. 위기에 빠진 맥을 자기들의 손으로 구해 낸 것이다. 마쿠나이마로부터 능력을 인정받게 된 것도 노빈손으로서는 큰 수확이었다.

"푸하하, 통쾌하다 통쾌해."

"그러게. 너 이제 보니 생각보다 엄청 똑똑하구나."

"자, 이제 빨리 마호가니 신목을 찾으러 가자."

노빈손이 이렇게 말하며 마쿠나이마의 어깨에 손을 얹을
때였다.

"그렇게는 안 될걸."

갑자기 음산한 소리가 뒤쪽에서 들려왔다. 깜짝 놀란 노
빈손이 뒤를 돌아보니 다베라족의 두목 모질라요가 험상궂
은 얼굴로 둘을 노려보고 있는 게 아닌가. 아뿔싸! 기겁을
한 노빈손이 재빨리 달아나려 했지만 소용없는 일이었다.
이미 카누 위에도 악당들이 총을 겨눈 채 기다리고 있었던
것이다.

"네놈들이 아까 우릴 골탕먹인 놈들이렷다?"

모질라요가 눈을 부라리며 다가왔다. 머리카락이 불에
잔뜩 그을린 꼴이 마치 무허가 미장원에서 싸구려 파마를
한 것 같았다. 모질라요는 솥뚜껑처럼 두텁고 큼지막한 손
으로 두 사람의 멱살을 잡은 뒤 부하들에게 신경질적으로
소리를 질렀다.

"이놈들을 당장 끌고 가!"

삶은 계란과 날 계란의 차이

콧물이 눈물을 따라다니는 이유

콧물은 왜 나올까? 감기에 걸리면 코 점막에 침입한 바이러스를 죽이기 위해 점막 조직에서 혈액 속의 수분이나 백혈구를 대량으로 내보내게 되는데, 그게 바로 '감기 콧물'이다. 감기 초기엔 바이러스를 씻어내기 위한 투명한 콧물이 나오다가 차츰 희거나 누런 색으로 변한다. 그리고 콧속 박테리아가 재생되는 동안에는 녹색으로 변한다. 울 때 콧물이 나오는 건 눈과 코 사이에 연결된 가느다란 관으로 눈물이 흘러나오기 때문.

"살려주세요, 아저씨. 제발 살려주세요."

노빈손은 눈물 콧물이 범벅이 된 채 손이 발이 되도록 싹싹 빌며 모질라요에게 애원을 해댔다. 한쪽 구석에서는 부하들이 장작을 산더미처럼 높이 쌓고 있었다. 모질라요는 노빈손의 애원을 들은 체 만 체하며 부하들에게 물었다.

"준비 다 됐냐?"

"다 돼갑니다요, 형님."

"빨리 서둘러. 불로 골탕을 먹었으니 저놈들도 불로 태워 버리겠다. 통구이가 되는 기분이 어떤지 한번 겪어 보라구. 캬캬캬ㅡ."

노빈손은 아득한 절망감을 느끼며 마쿠나이마를 쳐다보았다. 마쿠나이마는 인디오의 용사답게 당당한 모습으로 모질라요를 노려보고 있었다. 독한 녀석 같으니라구……. 노빈손은 다시 한 번 모질라요에게 간절하게 애원을 하기 시작했다.

"아저씨. 한 번만 살려주면 다신 안 그럴게요."

하지만 모질라요는 여전히 들은 척도 않고 옆에 있던 부하에게 말했다.

"너, 강은 강인데 못 건너는 강이 뭔지 아냐?"

"요강입니다요, 형님."

"그럼 물은 물인데 못 건너는 물은?"

"눈물입니다요, 형님."

"어쭈구리. 그럼 이거 맞춰봐. 아침엔 네 발, 낮엔 두 발, 저녁엔 세 발로 걷는 동물은?"

"그건…… 에……."

한동안 눈알을 데구르르 굴리며 생각하던 부하가 갑자기 무릎을 탁 꿇으며 말했다.

"모르겠습니다요, 형님."

"멍청한 놈. 이렇게 쉬운 수수께끼도 못 맞추다니."

"죽여 주십시오, 형님."

순간, 노빈손은 갑자기 입이 근질거리는 걸 느꼈다. 원래 아는 문제가 나오면 아는 척을 안 하고는 못 배기는 성격이었던 것이다. 결국 그는 당장 죽을 처지라는 것도 잊고 큰 소리로 정답을 말해 버렸다.

"사람!"

"엥? 이놈이?"

모질라요는 뜻밖이라는 듯 눈을 치켜뜨며 노빈손을 쳐다보았다. 노빈손이 의기양양한 표정으로 자기를 쳐다보고 있었다.

"너도 수수께끼 좋아하냐?"

"그럼요. 아저씨도 좋아하나 보죠?"

"좋아하고 말고. 근데 저 부하놈들은 하나같이 멍청해서 도무지 재미가 없어."

그러더니 모질라요는 갑자기 좋은 생각이 났다는 듯 눈을 빛내며 이런 제안을 했다.

"너, 살고 싶다고 했지?"

"당근이죠. 아저씨 같으면 죽고 싶겠어요?"

"좋아, 그럼 이렇게 하자. 내가 너한테 문제를 하나 내겠다. 맞추면 살려주고 틀리면 통구이를 만드는 거야. 어때?"

"……"

노빈손은 잠시 망설이다가 그 제안을 받아들였다. 맞추면 다행이고, 못 맞추더라도 어차피 밑져야 본전이라는 생각이 들었던 것이다. 그가 고개를 끄덕이자 모질라요는 어디론가 사라지더니 잠시 후 커다란 새알 두 개를 들고 돌아왔다.

"여기 새알 두 개가 있다. 하나는 삶은 거고 하나는 안 삶은 거야. 그걸 가려내면 너희를 살려주마. 단, 절대로 껍질을 깨면 안 돼."

치사한 인간 같으니라구. 겉모습만 보고 그걸 어떻게 안 단 말야? 노빈손은 잠시나마 품었던 희망이 다시 깨지는 걸 느끼며 이를 앙다물었다. 모질라요는 신난다는 표정으로 자리에서 일어나며 최후통첩을 보냈다.

"난 가서 끙아를 하고 오겠다. 그때까지 못 풀면 끝이야.

스핑크스의 수수께끼
노빈손이 맞춘 수수께끼는 그리스 신화에 나오는 괴물 스핑크스가 오이디푸스에게 냈던 것이다. 스핑크스는 큰길 바위 뒤에 숨은 채 행인들에게 수수께끼를 낸 다음 못 풀면 잔인하게 죽여 버리곤 했다. 오이디푸스가 이 문제를 풀자 스핑크스는 굴욕감을 못 이겨 자살했고, 오이디푸스는 그 나라의 왕으로 추대되었다.

잘해 보라구. 캬캬캬ㅡ."

노빈손은 부디 그가 심한 변비에 걸려 뒷간에 오래오래 앉아 있기를 간절히 빌었다.

"젠장. 이걸 대체 어떻게 알아맞추란 말야. 직접 알을 낳은 새도 모를 텐데."

노빈손은 궁시렁거리며 새알을 들고 햇빛에 비춰보았다. 하지만 그런다고 새알 속이 들여다보일 리는 없었다. 엑스레이 촬영을 해본다면 또 모르겠지만.

"그냥 통박으로 맞춰 볼까? 어차피 확률은 반반인데. 이거? 아냐, 이거 같애. 아니지. 혹시 처음 찍은 게 맞을지도 몰라. 시험 볼 때도 찍었다가 고치면 늘 틀리던데."

노빈손은 결국 아무런 결정도 내리지 못한 채 길게 한숨을 내쉬었다. 그리고는 이런 골치 아픈 문제를 낸 모질라요를 원망하며 무심코 새알 하나를 옆으로 팽이처럼 돌려보았다.

뒤뚱거리며 돌아가던 새알은 손가락을 갖다대자 곧 멈춰섰다. 노빈손은 이번엔 다른 새알을 똑같이 돌린 다음 빙빙 돌아가는 새알에 다시 손가락을 갖다댔다. 뒷간에 간 모질라요가 돌아올 시간이 점점 가까워지고 있었다.

"어럽쇼?"

노빈손이 고개를 갸웃하며 새알을 다시 돌렸다. 그리고

는 손가락을 갖다대서 회전을 정지시켰다가 곧바로 손가락을 뗐다. 멈췄던 새알이 다시 빙그르르 돌아가고 있었다.

"이상하다. 이게 왜 다시 돌아가지?"

노빈손은 처음에 돌렸던 새알을 가지고 똑같은 실험을 했다. 두 번째 새알과는 달리 그 새알은 한번 멈춘 뒤에는 다시 돌아가지 않았다. 혹시 돌리는 힘의 세기나 누르는 힘의 세기가 달라서 그랬던 건 아닐까? 하지만 몇 번이나 실험을 해도 결과는 계속 마찬가지였다. 노빈손의 눈이 또다시 총명함으로 반짝 빛났다.

"분명히 뭔가 있어. 어쩌면 수수께끼를 푸는 열쇠일지도……."

노빈손은 눈을 감았다. 머리 속이 새알처럼 팽글팽글 회전하기 시작했다. 멈췄다가 다시 도는 새알, 그리고 한번 멈추면 돌지 않는 새알. 왜 그런 차이가 생기는 걸까. 그는 자기가 달걀에 대해 알고 있는 모든 것들을 차례로 떠올려 보았다. 노른자, 흰자, 완숙, 반숙, 계란말이, 계란찜……. 곰곰이 뭔가를 생각하던 노빈손이 돌연 무릎을 탁 치며 고함을 질러댔다.

"관성! 관성이다. 바로 그거였어. 야호! 드디어 살았다."

"왜 그래? 정신 사납게."

입을 다물고 조용히 앉아 있던 마쿠나이마가 짜증 섞인 목소리로 물었다.

노른자위와 흰자위의 차이
계란의 노른자위(난황)는 세포 성분이지만 흰자위(난백)는 세포가 아니다. 흰자위와 껍질은 난소에서 만들어진 노른자위의 난관 통과를 도와주는 보호막일 뿐이다. 노른자위의 겉은 둥글고 하얀 '배'로 덮여 있으며 그 배가 자라서 병아리가 된다. 흰자위에 포함된 단백질과 노른자위에 포함된 각종 영양소들은 배가 자라는 데 필요한 양분으로 쓰인다.

계란을 삶으면 왜 단단해질
까?
계란에 포함되어 있는 단백
질이 그 원인이다. 흰자위는
85%가 물이고 나머지는 단
백질. 노른자위 역시 주성분
은 단백질과 지방이다. 단백
질은 열이나 압력, 자외선,
아세톤, 알코올 등을 만나면
상태가 변화하는 특성을 지
니고 있는데 이를 '단백질의
변성'이라 부른다. 삶은 계
란이 단단해지는 건 뜨거운
열에 의해 계란 속의 단백질
이 변성작용(경화)을 일으켰
기 때문이다.

"바보야. 관성이라니까. 관성 땜에 그런 차이가 생기는
거야."

"그게 무슨 소리야?"

"잘 봐. 이 새알들을 잘 보라구."

노빈손은 신이 나서 새알을 돌려가며 설명을 시작했다.

'삶은 새알의 속은 굳어 있기 때문에 돌리다가 세우면
곧바로 멈춘다. 하지만 삶지 않은 새알을 돌리다가 정지시
키면 속에 들어 있는 끈적한 내용물이 곧바로 멈추지 않고
계속 회전하게 된다. 그러므로 손가락을 잠깐 댔다가 떼면
새알이 그 관성의 힘에 의해 다시 돌아가게 되는 것이
다…….'

이런 얘기였다.

"어때? 내 말이 틀림없지?"

"난 무슨 말인지 잘 모르겠어. 분명한 건 니가 별로 미덥
지 않다는 거야."

"아까 폭탄 만드는 거 보고도 그래? 나도 알고 보면 꽤
똑똑하단 말야."

둘이 이렇게 옥신각신하고 있을 때 모질라요가 다시 돌
아왔다. 그는 양쪽 다리를 심하게 절뚝거렸고, 발을 땅에
디딜 때마다 마치 전기에 감전된 사람처럼 몸을 움찔거렸
다. 오랫동안 쭈그리고 앉아 있던 탓에 발이 몹시 저린 모
양이었다.

84

"끄응. 미치겠네. 왜 갑자기 변비가 생겼을까?"

모질라요의 투덜대는 소릴 들은 노빈손은 아까 자기가 올린 기도가 효험이 있었음을 깨닫고 빙긋이 웃음을 지었다. 그 모습이 기분 나빴던지 모질라요가 사나운 목소리로 물었다.

"풀었냐? 도저히 모르겠지?"

"모르긴 왜 몰라요. 그런 쉬운 문제를 수수께끼라고 낸단 말이에요?"

"뭐? 그게 쉽다구? 좋아, 안 삶은 새알을 내놔 봐."

"이거예요."

모질라요는 노빈손이 내미는 새알을 받아들고 이리저리 살펴보았다. 하지만 눈으로만 봐서는 삶았는지 안 삶았는지를 구분할 수가 없었다. 그는 옆에 서 있는 부하 하나를 불러 새알을 건네주며 말했다.

"이걸 네 이마에 세게 부딪쳐 봐."

"예, 형님."

부하는 새알을 공손히 받아들고는 그걸로 제 이마를 세게 내리쳤다. 주르륵 노른자가 터져서 흰자와 뒤섞인 채 얼굴 위로 천천히 흘러내렸다. 모질라요와 마쿠나이마의 눈이 동시에 휘둥그레졌고, 노빈손은 큰 소리로 만세를 부르며 그 자리에서 껑충껑충 뛰기 시작했다.

"맞았다! 이제 풀어주는 거죠? 캬캬캬ㅡ."

변비는 여자가 더 잘 걸린다
변비는 대변이 장 안에서 비정상적으로 오래 머무르는 것. 변비에 걸리면 노폐물이 제대로 통과되지 않기 때문에 평소보다 수분이 적고 딱딱해진 변이 나온다. 대변 횟수가 1주일에 2회 이하고 배설량이 30g 이하면 일단 변비라고 봐야 한다. 변비에 걸리면 섬유소가 많이 포함된 음식을 먹는 것이 좋다. 섬유소가 변의 재료가 되어 배변을 쉽게 할 수 있도록 도와주기 때문.

85

소리의 크기는 어떻게 나타
낼까?
소리의 강약은 공기의 진동
폭에 의해 결정되며 dB(데
시벨)로 나타낸다. 인간이
귀로 들을 수 있는 가장 작
은 소리는 0dB이고 가장 큰
소리는 130dB이다. 주의해
야 할 것은 소리의 크기를
계산하는 방식이 학교에서
배운 산수와는 전혀 다르다
는 점. 0dB의 10배는 10dB
이고(0X10=10?) 10dB의 10
배는 20dB이다(10X10=
20??). 이렇게 계산하면
30dB은 0dB의 30배가 아
니라 1천배가 된다. (0X30=
1000?!!). 우리가 평소에 대
화할 때의 목소리는 50dB
정도.

모질라요는 한동안 노빈손을 노려보더니 원통하다는 듯
이렇게 말했다.

"좋아, 이번엔 약속대로 풀어주지. 하지만!"

"하지만?"

"두 번 다시 우리 다베라족의 일을 방해했다간 푹 삶아
버릴 테니까 그런 줄 알아. 알아들어?"

"……"

노빈손이 우물쭈물 대답을 망설이자 모질라요는 소리를
빽 지르며 다시 물었다.

"귀 먹었냐? 알아들었느냐구!"

노빈손은 마치 고막이 떨어져 나가는 듯한 통증에 귀를
틀어막았다. 기차 화통을 통째로 삶아 먹은 것 같은 무시무
시한 목소리였다. 귀머거리가 되지 않으려면 좋건 싫건 상
대가 원하는 대답을 해야만 했다.

"알았다고요."

"좋아! 그럼 당장 내 눈 앞에서 사라져. 아참, 그리고!"

"그리고?"

모질라요가 마치 뽀뽀라도 할 것처럼 얼굴을 들이밀며
음산한 목소리로 말했다.

"앞으로 내 웃음소리 흉내 내지 마!"

노빈손 따라잡기 I : 관성

관성이란 물체가 원래의 운동상태를 계속 유지하려고 하는 성질을 말한다. 정지한 물체는 계속 그 자리에 정지해 있으려 하고 움직이는 물체는 계속 같은 속도로 움직이려고 하는 것. 바로 그게 '뉴턴의 제1법칙'인 관성이며, 노빈손이 푼 수수께끼의 비밀이다.

관성을 가장 쉽게 이해할 수 있는 장소는 자동차. 멎어 있던 차가 갑자기 출발하면 우리의 몸은 뒤로 쏠린다. 이와 반대로, 달리던 차가 갑자기 멎으면 우리의 몸은 앞으로 쏠린다. 둘 다 원래 상태를 유지하려는 관성 때문에 일어나는 현상이다.

관성이 작용하고 있는 물체의 운동상태를 바꾸려면 외부에서 힘을 가해야 한다. 자전거가 한참 달리고 있을 때보다 처음 출발할 때 페달이 더 무겁게 느껴지는 것은 계속 정지해 있으려고 하는 자전거의 관성 때문이다. 하지만 일단 자전거가 움직이기 시작하면 이번에는 달리는 관성이 작용하기 때문에 페달을 멈춘 상태에서도 한동안 계속 달릴 수 있다.

관성은 질량이 클수록, 그리고 속도가 빠를수록 더 크다. 관성이 크다는 건 운동상태를 바꾸기가 그만큼 어렵다는 뜻이다. 똑같은 속도로 달리다가 급제동을 걸었을 때 트럭이 티코보다 많이 미끄러지는 건 질량이 커서 관성이 더 강하기 때문이다. 물론 같은 티코일 때는 시속 100Km로 달리던 티코가 시속 50Km로 달리던 티코보다 더 많이 미끄러진다.

프로야구를 구경하다 보면 3루를 돌아서 홈으로 뛰는 주자가 똑바로 달리지 않고 원을 그리며 달리는 모습을 종종 볼 수 있다. 0.1초라도 빨리 뛰어야 세이프가 될 텐데 왜 그렇게 빙 돌아서 뛰는 걸까? 그것 역시 관성 때문이다. 2루에서 3루로 뛰어오던 관성 때문에 갑자기 방향을 바꾸기가 어렵기 때문이다.

직선운동뿐만 아니라 회전운동에도 관성이 작용한다. 회전하는 물체는 외부에서 힘이 가해지지 않는 한 계속 회전하려는 성질을 갖는다. 그런데 회전관성은 질량의 크기보다는 질량의 분포와 더 많은 관련이 있다. 질량의 분포거리가 길면 길수록, 즉 물체의 끝부분이 회전축과 멀리 떨어지면 떨어질수록 회전관성이 더 커지게 된다는 뜻이다.

관성이 클수록 운동상태를 바꾸기가 힘들다는 건 회전관성의 경우도 마찬가지다. 야구방망이의 중간부분을 잡았을 때보다 손잡이를 잡고 스윙할 때 힘이 더 많이 드는 건 회전축과 방망이 끝 사이의 거리가 길어 회전관성이 그만큼 크기 때문이다. 외줄타기를 하는 곡예사가 긴 막대기를 들고 걷는 것도 질량을 회전축(몸)으로부터 가능한 한 먼 곳까지 분포시키기 위해서다. 회전관성이 커지면 몸이 심하게 기우뚱거리는 걸 막을 수 있기 때문이다.

퀴즈 하나. 이종범과 우즈가 2루에서 3루를 거쳐 홈으로 뛰어가면 3루를 도는 순간 누가 더 큰 원을 그리게 될까? 즉, 누구에게 더 많은 관성이 작용하게 될까? 이건 정말로 어려운 문제다. 속도(주력)는 이종범이 빠르고, 질량(몸무게)은 우즈가 더 나가니까 말이다. 이종범이 일본에 가지만 않았으면 직접 한번 실험해 볼 수 있을 텐데……

상처 입은 어머니의 정체

대나무는 중국인들의 종이였
다.

대나무에 글씨를 써서 보관
하는 것은 종이가 없던 시절
에 고대 중국인들이 사용했
던 방법. 그들은 20~30cm
정도의 대나무 조각에 글씨
를 쓰거나 새긴 다음 여러
개의 조각들을 끈으로 묶어
서 책을 만들었다. 기원전
1400년경의 무덤에서 발견
되는 이 대나무 책을 '죽간'
이라고 한다. 중국의 고사성
어 중에 '위편삼절'이라는
말이 있는데, 죽간의 끈이
세 번이나 끊어질 정도로 열
심히 책을 읽는다는 뜻이다.

노빈손의 얼굴엔 근심이 가득했다. 운 좋게 다베라족의
마수에서 벗어나긴 했지만 앞으로의 일이 걱정이었다. 빠
제가 전한 신탁의 의미도 아직 풀지 못했고, 마호가니 신목
이 어디에 있는지도 도무지 알 수가 없었기 때문이다.

"넌 뭐 짚이는 거 없냐?"

"몰라. 난 그때 집에 없었기 때문에 신탁을 못 들었잖
아."

"아참 그렇지. 이거 봐. 이게 바로 빠제가 전해 준 신탁
이야."

노빈손은 신탁을 적어 놓은 두루마리를 꺼냈다. 가는 길
에 계속 읽어보라며 히프미테가 대나무 껍질에 숯으로 써
준 것이었다. 내용을 대충 훑어 본 마쿠나이마가 고개를 갸
웃거렸다.

"어머니가 앓고 있다고? 어머니…… 어머니라……."

"잘 생각해 봐. 누구네 엄마 얘긴지. 혹시 동네에 아픈
아줌마 없어?"

하지만 마쿠나이마는 고개를 가로저었다.

"없어."

"역시 너도 모르는구나."

노빈손이 낙담한 표정으로 한숨을 내쉬었다. 순간 마쿠나이마가 눈을 빛내며 말했다.

"어쩌면 사람을 뜻하는 게 아닐지도 몰라. 우리 인디오들에겐 원래 어머니가 둘이거든. 하나는 낳아주신 어머니고, 또 하나는 바로 자연이지. 우린 수천 년 간 저 위대한 대자연을 포근한 어머니의 품으로 여기며 살아 왔어."

"하지만 허파가 아프다는 건 분명히 사람이라는……."

말을 하다 말고 노빈손이 갑자기 입을 뚝 다물었다. 뭔가 번뜩이는 영감이 뇌리를 스치고 지나갔기 때문이다. 노빈손은 그 영감을 움켜잡기 위해 조용히 눈을 감고 생각에 잠겼다.

"허파, 아마존, 어머니…… 허파, 아마존, 어머니……."

열댓 번쯤 같은 말을 중얼거리던 노빈손이 마침내 다시 눈을 떴다. 그가 눈을 감았다가 뜨면 반드시 뭔가 사고를 친다는 걸 우리는 이미 충분히 봐서 알고 있다. 아니나 다를까. 노빈손의 입이 기쁨에 겨워 귀까지 길게 찢어지고 있었다.

"드디어 생각났어. 신탁에서 말하는 어머니가 누군지."

"그게 누군데?"

"지구."

"뭐라구?"

"아마존 밀림은 지구의 허파야. 네가 옳았어. 신이 말한 어머니는 바로 우리가 살고 있는 대지였어. 내가 왜 그 생각을 못했을까? 땅을 어머니로 여기는 풍습은 우리나라에도 있었는데."

"하지만 허파가 아프다고 했잖아."

"맞는 말이잖아."

"어째서?"

"니 입으로도 그랬잖아. 정글이 자꾸만 망가지고 있다고. 어머니의 허파가 오그라들었다는 건 아마존 정글이 파헤쳐지고 있다는 뜻이야."

"그렇구나……."

마쿠나이마는 눈을 끔벅거리며 고개를 끄덕이다 말고 다시 질문을 던졌다.

"그럼 그 뒤의 내용들은? 사내아이는 뭐고 계집아이는 또 뭐야?"

"그건 나도 몰라. 하지만 어머니가 지구를 뜻한다는 건 분명해. 혹은 네 말대로 대자연이라고도 할 수 있겠지. 아아, 드디어 실마리를 찾았구나."

노빈손은 기쁜 표정으로 열심히 신탁의 내용을 들여다보았다. 캄캄한 밤길을 헤매다가 한 줄기 불빛을 발견한 듯한 기분이었다.

지구의 허파와 인간의 허파
식물은 광합성을 통해 이산화탄소를 마시고 산소를 내뿜는다. 아마존이 '지구의 허파'로 불리는 이유는 지구 산소의 1/4을 공급하는 거대한 산소공장이기 때문. 똑같은 허파지만 지구의 허파와 인간의 허파는 하는 일이 서로 정반대다. 인간의 허파는 산소를 받아들이고 이산화탄소를 방출한다.

오그라드는 지구의 허파

아마존이 '지구의 허파'로 불리는 이유는 엄청난 양의 산소를 공급하기 때문이다. 이곳의 식물들이 광합성을 통해 만들어 내는 산소는 지구 전체 산소량의 약 4분의 1. 아마존 정글이 없으면 지구의 생물들은 지금처럼 편안하게 숨을 쉬며 살아갈 수가 없다. 말 그대로 지구 생물들의 '목숨'을 쥐고 있는 셈이다.

하지만 눈앞의 이익과 당장의 편리함에만 눈이 먼 인간들은 끊임없이 정글을 훼손함으로써 스스로의 생명을 위협하고 있다. 대규모의 벌목과 개간으로 인해 파괴되는 아마존 정글의 면적은 1년에 약 2만~3만Km². 지난 20년간 사라진 정글만 해도 무려 55만 Km²에 이른다. 우리나라의 면적이 10만Km²가 채 안되고 남북한을 합쳐도 겨우 22만Km²임을 감안하면 그 심각성이 어느 정도인지 쉽게 짐작할 수 있을 것이다.

아마존과 더불어 세계 3대 열대우림으로 꼽히는 아프리카와 동남아시아의 정글도 상황은 비슷하다. 20세기 초까지만 해도 지구 표면의 16%를 뒤덮었던 열대우림은 1백 년이 지난 지금 6~7% 수준으로 축소된 상태다. 오늘 이 시간에도 1분마다 축구장 20개에 해당하는 정글이 지상에서 사라지고 있다. 이런 추세라면 앞으로 수십 년 안에 열대우림은 단 한 평도 남지 않고 죄다 없어질 것이라고 한다.

아마존이 사라지고 나면 세상은 어떻게 변할까. 인간이 허파 없이 살아갈 수 없듯 지구도 허파 없이는 생존할 수 없다. 다음은 아마존 없는 세상의 아찔한 풍경들이다.

92

(1) 산소 공급이 줄어들어 생물들이 제대로 숨을 쉴 수가 없다.

(2) 거대한 탄소 저장창고인 정글이 사라지면 동물들과 자동차와 굴뚝들이 내뿜는 이산화탄소가 세상을 뒤덮어 곳곳에서 기상이변이 발생한다.

(3) 강과 정글에서 내뿜는 엄청난 양의 수증기가 사라지면 구름이 만들어지지 않기 때문에 태양열을 전혀 차단할 수가 없다. 그 결과 빙하기보다 더 끔찍한 열시대가 찾아오게 된다.

이걸 읽고 '설마……'라고 생각하는 사람은 혼이 나도 아주 단단히 나야 한다. 다들 그렇게 안일하게 생각하니까 자연이 엉망으로 파괴되는 것 아닌가. 이건 손톱만큼의 과장도 섞이지 않은 명백한 진실이다. 노빈손 패밀리는 절대 독자들에게 허튼소리를 하지 않는다.

다시 나타난 앵무새

"어디 가? 자다 말고."

"쉬하러."

노빈손은 입이 찢어져라 하품을 하며 근처에 있는 나무 뒤로 걸어갔다. 자다 말고 일어나기가 귀찮아서 아까부터 참고 있었지만 이젠 더 이상 참을 수 없을 정도로 오줌보가 부풀어 있었다. 쏴아아ー. 오줌 떨어지는 소리가 마치 폭포 소리처럼 요란했다.

"그 폭포에 살던 앵무새 놈이 조금만 더 힌트를 줬어도 좋았을 텐데……"

혼자 중얼거리며 바지를 추킨 노빈손이 돌아서는 순간, 뭔가 커다란 것이 퍼드득거리며 노빈손을 향해 날아들었다. 그리고는 뭔가 날카로운 것으로 노빈손의 이마를 찌른 뒤 다시 공중으로 날아올랐다.

"앗 따거!"

"나다! 나다!"

그건 다름 아닌 앵무새였다. 폭포의 수염에서 나타났던 앵무새가 부리로 노빈손의 머리를 쪼아댔던 것이다. 으으ー. 두 손으로 머리를 감싸쥔 노빈손이 나뭇가지 위에 앉아 있는 앵무새를 험악하게 노려보았다.

"임마! 이게 무슨 짓이야?"

"밤길 조심하랬지! 밤길 조심하랬지!"

앵무새는 고소하다는 듯 노빈손을 약올리며 낄낄거렸다. 부아가 치밀었지만 날아다니는 새를 맨손으로 잡을 수는 없는 노릇이었다.

어떻게 복수할까 궁리하던 노빈손은 문득 생각을 고쳐먹고 앵무새를 달래기로 했다. 그래야 마호가니 신목에 대한 힌트를 조금이라도 얻을 수 있기 때문이다. 노빈손은 최대한 친근한 표정을 지으며 앵무새에게 말을 걸기 시작했다.

"야, 너 이제 보니 굉장히 예쁘게 생겼구나."

앵무새는 뜻밖이라는 표정으로 노빈손을 쳐다보았다.

"쇼하지 마라! 쇼하지 마라! 안 속는다."

"쇼가 아냐. 진짜라니까. 난 너처럼 잘생긴 새를 여지껏 본 일이 없어."

"그건 맞다! 그건 맞다!"

앵무새가 우쭐한 표정으로 경계심을 누그러뜨리며 말하는 순간, 어디선가 길다란 줄이 휙 날아와 앵무새를 휘감았다. 마쿠나이마가 던진 사냥줄이었다. 앵무새는 마치 포졸에게 결박당한 좀도둑처럼 꽁꽁 묶인 채 나무 밑으로 툭 떨어지고 말았다.

긴 줄 양쪽에 무거운 돌멩이를 묶은 그 사냥도구의 이름은 '볼라'였다. 목표물을 향해 날아간 볼라는 스스로의 힘

하품하면 왜 눈물이 날까? 눈물샘(누선)에서 분비되어 눈의 표면을 씻어낸 눈물은 일단 눈의 안쪽 구석에 있는 눈물주머니(누낭)에 모인 다음 천천히 콧구멍 속으로 흘러나간다. 그런데 하품을 하면 얼굴 근육이 움직이면서 이 주머니를 누르게 되고, 이때의 압력으로 인해 눈물이 밖으로 흘러나오게 되는 것이다.

에 의해 빙글빙글 돌면서 마치 오랏줄처럼 목표물을 휘감게 된다. 우이투투족 최고의 사냥꾼인 마쿠나이마가 던진 것이었으니 앵무새가 꼼짝없이 사로잡히는 건 당연한 일이었다.

"놔라! 놔라!"

앵무새는 안간힘을 쓰며 퍼드득거렸지만 날개가 묶인 상태에서는 아무런 힘도 쓸 수가 없었다. 마쿠나이마는 억센 손아귀로 앵무새의 다리를 꼭 움켜쥔 다음 짓궂은 표정으로 말했다.

"마호가니 신목이 어디 있는지 말해 주면 놔주지. 안 그러면 통구이를 만들어 버릴 테다."

"치사하다! 치사하다!"

"치사해도 할 수 없어. 우린 그걸 찾아야 하니까."

앵무새는 아무리 용을 써도 소용없다는 걸 깨달은 듯 푸득거림을 멈췄다. 그리고는 마치 천기누설이라도 하는 듯한 비밀스러운 표정으로 조용히 뇌까렸다.

"검은 물 더하기 누런 물! 검은 물 더하기 누런 물."

"야! 너 정말 혼나 볼래? 그렇게 말하면 우리가 어떻게 알아?"

노빈손이 버럭 화를 내며 앵무새를 쥐어박으려 했다. 하지만 마쿠나이마는 노빈손을 말린 다음 고개를 끄덕이며 앵무새에게 감겨 있던 볼라를 풀었다.

"좋아. 네 말을 믿어 보기로 하지."

"야, 그냥 놔주면 어떡해. 마호가니 신목이 어디 있는지 알아내야지."

"저 녀석이 금방 말했잖아."

"말하긴 뭘 말해? 검은 물 누런 물이 대체 뭔 소리냐구."

"검은 물은 네그루 강이고 누런 물은 술리몽스 강이야. 두 강은 마나우스에서 서로 합류하여 아마존 강의 본류를 이루지. 마호가니 신목은 바로 그 근처 어딘가에 있는 게 분명해."

"그게 무슨 말이야? 세상에 칼라로 된 강물이 어딨어?"

"글쎄 가보면 알아."

마쿠나이마는 앵무새를 풀어준 뒤 잠자리로 돌아가 누웠다. 노빈손은 아직 뭐가 뭔지 어리둥절했지만 일단은 마쿠나이마를 믿고 따라가 보기로 했다. 자유의 몸이 된 앵무새가 머리 위를 맴돌며 또다시 노빈손에게 경고를 하고 있었다.

"낮에도 조심해라! 낮에도 조심해라!"

물의 결혼식
네그루 강은 아마존 북쪽의 산맥에서 발원하여 아마존으로 흘러드는 강. 죽은 나무와 나뭇잎의 유기물에서 배출된 이산화탄소와 산(acid)으로 인해 색깔이 아메리칸 커피처럼 까맣다. 반면 안데스 산맥이 발원지인 술리몽스 강은 침전물이 많은 알칼리성의 누런 흙탕물. 두 강이 하나로 합쳐지는 '물의 결혼식'을 보기 위해 수많은 관광객들이 마나우스로 몰려든다.

3

야노마미족의 비극

바스락—.

숲 속에서 누군가 낙엽을 밟는 듯한 소리가 들렸다. 식사 준비를 하던 마쿠나이마가 귀를 쫑긋 세우며 조용히 창을 집어들었다. 노빈손 역시 활을 움켜쥐고 가만히 숲 속을 주시했다.

"앗!"

"어엇!"

노빈손이 소리를 지른 것과 풀숲 속에서 비명이 튀어나온 건 거의 동시였다. 놀란 건 노빈손뿐만 아니라 상대방도

최후의 원시종족 야노마미
야노마미족은 1950년에야
비로소 외부에 알려진 아마
존 최후의 원시종족이다. 탐
사대에게 발견될 당시 이들
의 문명은 신석기시대 수준.
아마존 북부의 깊은 정글에
위치한 야노마미족의 영토
는 70년대에 시작된 대규모
개발공사로 인해 무참히 파
괴되었으며, 그로 인해 곳곳
에서 '야노마미 보호운동'이
일어났다. 현재 보호구역 안
에 살고 있는 야노마미족의
인구는 약 2만 명. '야노마
미'는 인디오 말로 '인간'을
뜻한다.

마찬가지인 듯했다. 커다란 망태기를 짊어진 중년의 인디
오가 눈을 치켜뜨고 입을 함지박만큼 크게 벌린 채 얼어붙
은 듯 서 있었다.

"너희들은 누구냐?"

힘없는 목소리로 질문을 던지는 인디오의 얼굴은 깡마르
고 핏기가 없어 보였다. 온 몸이 상처투성이인 걸로 보아
정글 속에서 오랫동안 헤매고 다닌 것 같았다. 가느다란 두
다리는 몸을 지탱하기도 힘든 듯 파르르 떨리고 있었다.

"저는 우이투투족의 전사 마쿠나이마라고 합니다. 얘는
제 부하구요. 아저씨는요?"

"뭐? 내가 니 부하라구? 그게 무슨……."

큰 소리로 항의하는 노빈손의 입을 마쿠나이마가 재빨리
손으로 막았다. 손이 워낙 커서 콧구멍까지 막아 버린 탓에
숨이 막힌 노빈손은 캑캑거리며 두 팔을 버둥거렸다. 그 모
습을 본 인디오가 희미한 웃음을 띠며 대답했다.

"난 야노마미족의 전사 무쟈프네라고 한다. 만나서 반갑
구나."

무쟈프네는 말을 마치자마자 땅바닥에 털썩 주저앉아 괴
로운 표정을 지었다. 이름 그대로 뭔가 심각한 병을 앓고
있다는 걸 한눈에 알 수 있었다. 마쿠나이마가 음식을 권하
며 조심스럽게 물었다.

"야노마미족은 여기보다 훨씬 북쪽에 사는 걸로 아는데

무슨 일로 여기까지……."

"푸키나를 찾으러 왔지."

"푸키나요? 신비의 약초라는?"

"맞아. 그게 있으면 우리 부족 사람들의 병을 고칠 수 있을까 해서…… 하지만 전설로만 듣던 그 약초를 어디에서 찾아야 할지 모르겠구나."

"대체 무슨 병이길래 그러세요?"

무쟈프네는 대답 대신 나무로 만든 짤막한 파이프를 꺼내 물었다. 그리고는 한숨처럼 연기를 내뱉은 뒤 야노마미 부족에게 닥친 비극에 대해 털어놓기 시작했다.

"그 저주스러운 병이 처음 나타난 건 10여 년 전이었지. 처음엔 강에 사는 물고기들이 떼죽음을 당해 물 위로 떠오르더니, 얼마 뒤엔 물고기를 먹고 사는 새와 짐승들이 갑자기 미쳐 날뛰며 강으로 뛰어들었어. 그때만 해도 그냥 짐승들의 돌림병이거니 했는데…… 결국은 사람들까지 탈이 나고 말았던 거야."

"어떻게요?"

"맨 처음엔 몸이 덜덜 떨리면서 경련이 일어나. 그 다음엔 팔다리가 뒤틀리고 손가락이 휘면서 죽음 같은 고통이 찾아오지. 혀가 굳어 말을 못 하고, 눈이 멀고, 부족의 여자들은 아이를 낳을 수 없게 되고…… 그러다가 결국은 목숨을 잃는 거야. 부족의 빠제들이 수도 없이 굿을 하고 제사를 지냈지만 아무 소용이 없었단다."

"세상에 그럴 수가……"

"원인이 뭔지도 모른단 말이에요?"

"처음엔 아무도 몰랐지. 그저 신의 저주라고만 생각했어. 하지만 나중에 곰곰이 생각해 보니 아무래도 금광 때문인 것 같더구나."

"금광이라뇨?"

"십여 년 전에 우리 부족의 영토에서 대규모 금광 개발이 시작됐어. 금을 캐서 한몫 보려는 사람들이 구름처럼 몰려들었지. 그 바람에 수천 년 간 멀쩡했던 산과 정글이 하루아침에 망가졌어. 그들은 캐낸 금을 정제할 때 쓴 약품들을 강물에 마구 흘려보냈고, 그때부터 그 몹쓸 병이 퍼지기 시작했던 거야."

"맙소사!"

노빈손이 말도 안 된다는 표정으로 입을 떡 벌리며 부르짖었다.

"금을 정제한 약품이라면…… 세상에! 그건 수은이잖아."

"수은? 그게 그렇게 나쁜 거야?"

"나쁜 정도가 아냐. 수은이 사람 몸 속에 쌓이면 신경을 마비시키고 나중엔 목숨까지 잃게 만든다구. 틀림없어. 저 아저씨네 부족 사람들은 수은에 중독된 거야."

103

"어떻게 그렇게 잘 알어?"

"어렸을 때 학교에서 배웠거든. 일본에서도 똑같은 병 때문에 난리가 난 적이 있었대."

노빈손의 말을 들은 무쟈프네가 마치 구세주라도 만난 듯한 표정으로 매달리듯 물었다.

"그럼 그 병을 고치는 방법도 알겠구나. 어떻게 하면 고칠 수 있다든?"

"그건……."

노빈손은 차마 대답을 못하고 입을 다물고 말았다. 그 병은 큰 병원에서 아주 오랫동안 치료를 받아도 나을까말까 한 무서운 질병이었던 것이다. 하지만 아마존 오지의 인디오들이 그런 치료를 받는다는 건 꿈도 꿀 수 없는 일이었다.

무쟈프네는 노빈손의 표정에서 이미 대답을 읽은 듯했다. 절망스런 눈빛으로 고개를 수이는 그의 눈에서 굵은 눈물이 또르르 떨어져 내렸다.

노빈손과 마쿠나이마는 위로할 생각조차 하지 못한 채 그의 눈물을 묵묵히 지켜보았다.

아마존에 흐르는 죽음의 강물

야노마미족의 영토인 아마존 북부에서 금광 개발이 시작된
건 1987년. 그 지역의 산비탈에서 다량의 금과 다이아몬드 퇴적물
이 발견되면서부터다. 5백 년 전에 나돌았던 '엘도라도(황금의 땅)'
의 전설이 다시 되살아나면서 일확천금을 꿈꾸는 투기꾼과 광산업
자들이 벌떼처럼 아마존으로 몰려들었던 것이다.

엘도라도의 전설은 잉카제국의 멸망에서 비롯되었다. 1532
년에 잉카제국의 아타후알파 황제가 스페인의 정복자 피사로에게
사로잡히자 백성들은 황제를 구하기 위해 엄청난 양의 황금을 바쳤
다고 한다. 그들이 6톤이나 되는 황금을 모으는 데 걸린 시간은 겨
우 며칠에 불과했고, 그때부터 "아마존에 엘도라도가 있다"는 소문
이 전 유럽으로 퍼져나가게 된다.

소문은 유럽 대륙 전체를 흥분과 광기로 몰아넣었다. 수많
은 사람들이 원정대를 조직하여 황금 사냥에 나섰고, 그들 대부분은
아무것도 찾지 못한 채 깊은 정글 속에 뼈를 묻었다. 엘도라도 근처
에 있다고 알려진 '파리메 호수'가 사실은 어디에도 존재하지 않는
가공의 호수임이 밝혀진 건 그로부터 약 2백 년이 지난 뒤였다.

5백 년 만에 재현된 아마존의 골드 러시는 정글과 인디오
모두에게 회복하기 힘든 상처를 안겼다. 5만 명이나 되는 광부와 투
기꾼들이 몰려들어 모든 것을 한꺼번에 파괴해 버렸기 때문이다. 그
들은 산을 무참하게 파헤치고 정글을 망가뜨렸다. 그리고 온갖 몹쓸
전염병들을 야노마미족에게 퍼뜨렸다. 광부들이 몸에 지니고 온 말
라리아와 결핵과 성병으로 인해 최소한 1,500명의 인디오들이 목숨

을 잃었다고 한다.

　　금을 정제할 때 사용한 수은은 야노마미족의 영토를 죽음의
땅으로 만들었다. 채광업자들이 강과 정글에 함부로 내다버린 수은
의 양은 무려 1천여 톤. 상류의 계곡에서 흘려보낸 수은은 강을 따
라 수백 Km를 흘러내려가며 물고기들을 떼죽음으로 몰아넣었다.
생명의 젖줄이던 아마존 강이 하루아침에 죽음의 폐수로 전락해 버
린 것이다.

　　수은에 오염된 물과 정글에서는 인간 역시 무사할 수 없다.
무쟈프네와 가족들이 앓고 있는 병은 수은 중독으로 인해 발생하는
미나마타 병이다. 50년 전에 일본 열도를 발칵 뒤집어 놓았던 그
죽음의 병이 이번엔 아마존의 인디오들을 덮친 것이다. 세상 어느
누구보다도 자연을 사랑하며 자연과 더불어 살아온 정글의 터줏대
감들을.

　　1999년 2월 3일. 자연의 소중함을 아는 사람이라면 이 날짜
를 기억해야 한다. 이날 과학자들은 아마존 일대에 언제 해제될지
모를 '미나마타 경보'를 내렸다.

"이제 난 가야겠구나. 앓고 있는 가족들을 생각해서라도 어떻게든 푸키나를 찾아봐야지. 음식을 나눠줘서 고맙다. 잘들 가거라."

"힘내세요, 아저씨. 이제 곧 약초를 찾을 수 있을 거예요."

"그래. 나도 그랬으면 좋겠구나."

무쟈프네는 쓸쓸하게 손을 흔들어 보인 뒤 금방이라도 쓰러질 듯한 걸음걸이로 정글 속으로 사라졌다. 노빈손은 그가 정글 속에서 목숨을 잃을지도 모른다는 생각에 가슴이 아팠지만 그렇다고 그의 희망을 꺾을 수도 없는 일이었다. 그가 자기의 바람대로 신비한 약초를 발견하도록 간절히 빌어주는 수밖에.

무쟈프네와 헤어진 뒤 둘은 한동안 아무런 말이 없었다. 노빈손은 아마존의 정글을 망가뜨려 가며 제 욕심을 채우려는 사람들이 너무나 원망스러웠다. 그들에 대한 마쿠나이마의 분노도 이젠 충분히 이해할 수 있을 것 같았다.

"나쁜 놈들. 그까짓 금쪼가리를 캐기 위해 사람들을 죽음으로 내몰다니……."

화를 억누르는 듯한 마쿠나이마의 중얼거림을 들으며 노빈손은 빠제가 전한 신탁을 머리 속으로 되뇌어 보았다. 앓고 있는 지구, 앓고 있는 아마존 그리고 앓고 있는 사람들. 그 모든 병을 고쳐야 한다는 신의 계시가 절절하게 노빈손

암과 공해병의 공통점

공해의 피해는 무시무시하다. 1930년 벨기에서는 공장 매연으로 4일간 60명이 죽었고, 1952년 겨울엔 영국 런던을 뒤덮은 더러운 스모그로 인해 무려 4천 명이 죽었다. 무서운 건 대부분의 공해병이 오염 초기에 나타나지 않고 한참만에 나타난다는 점. 미나마타 병은 1950년대에 발생했지만 해안이 수은으로 오염되기 시작한 건 그보다 50년이나 전이었다. 암과 마찬가지로 공해병도 증세가 겉으로 드러났을 때는 이미 손을 쓸 수 없을 정도로 악화된 다음이라고 보면 된다. 평소에 환경 감시를 게을리 하지 말아야 할 중요한 이유들 중 하나.

의 가슴을 때리고 있었다.

모깃불의 역사
연기를 피워 모기를 쫓는 건
세계 공통의 모기퇴치법. 우
리 조상들은 회나무, 삼나
무, 호두나무, 동백나무, 말
린 쑥, 담뱃잎 등을 주로 이
용했다. 모깃불 재료 중에
'벌레 쫓는 국화'라는 뜻을
가진 '제충국'이 있었는데,
그 국화에서 '피레트린'이라
는 살충성분을 뽑아내 만든
것이 바로 요즘 우리가 사용
하는 모기향이다. 현재 지구
에는 약 1,500종의 모기가
살고 있으며 피를 빠는 건
전부 다 암컷. 수컷들은 주
로 과즙이나 식물 수액을 먹
고 산다.

친구라는 말의 의미

아마존의 밤하늘은 그림처럼 아름다웠다. 크고 작은 뭇
별들이 보석 같은 빛을 흩뿌리며 하늘 가득 매달려 있었다.
노빈손과 마쿠나이마는 모깃불 옆에 나란히 누워 말없이
그 황홀한 풍경을 올려다보았다.

"인디오 말로 친구가 무슨 뜻인지 알아?"

"몰라. 뭔데?"

"친구란 '내 슬픔을 대신 짊어지고 가는 자'라는 뜻이
야."

"히야, 정말 멋있는 말이구나."

"인디오 속담 중엔 이런 말도 있어. 좋은 친구는 먼 길을
가깝게 만든다……."

"그것도 좋은 말이네."

"아까 혼자 생각해 본 건데, 이제 난 널 친구로 여기기로
했어."

"왜?"

"니가 생각보다 똑똑하고 용감한 게 마음에 들기도 했지

만 꼭 그것 때문만은 아냐. 처음엔 몰랐는데, 넌 자연의 소중함을 알고 있는 거 같아. 아까 무쟈프네 아저씨를 보낼 때의 네 표정을 보고 그걸 깨달았지. 아마존을 사랑하는 사람이라면 누구든 인디오의 친구가 될 수 있어."

"……."

노빈손은 한편으론 기쁘고 한편으론 부끄러운 마음이 들었다. 아마존 정글에 대한 자기의 사랑은 다름 아닌 마쿠나이마로부터 배운 것이었기 때문이다. 나무 한 그루, 새 한 마리에게도 각별한 사랑을 쏟는 마쿠나이마는 노빈손에겐 실로 훌륭한 스승이었다. 그 어떤 책이나 영화도 자연의 소중함을 마쿠나이마처럼 생생하게 가르쳐 주진 못했던 것이다.

"사람들은 참 이상해. 자연을 망가뜨리면 당장은 돈을 벌 수 있지만 나중엔 훨씬 더 많은 대가를 치러야 한다는 걸 몰라. 그들은 자연이 영원히 마르지 않는 샘인 줄 알지만 그건 착각이야. 이대로 가다간 분명히 땅을 치며 후회하게 될 거야."

"……."

"언젠가 빠제가 황금알을 낳는 거위 이야길 해준 적이 있어. 욕심 많은 주인이 그 거위를 죽이는 바람에 결국은 황금을 다 잃고 말았대. 잘 기르면 매일 황금을 얻을 수 있는데 한꺼번에 많이 얻을 욕심으로 그런 멍청한 짓을 했다

환경 명언 : "환경은 시계다"
"환경은 정교한 시계와 같다. 시계는 톱니가 한두 개 빠져도 계속 작동하지만, 빠진 톱니가 하던 역할을 나머지 톱니들이 떠맡아야 하기 때문에 부담이 커지고, 그 부담은 톱니들을 점점 망가뜨린다. 그러다가 어떤 한계를 넘어서면 그 순간에 시계는 멈춰 버리고 만다." 미국의 환경철학자인 앨도 리오폴드의 말이다. 자연은 영원히 마르지 않는 샘이 절대 아니다. 또 영원히 멈춰서지 않는 시계도 아니다.

잎이 없으면 나무가 못 사는 이유

녹색식물은 광합성을 통해 성장에 필요한 양분을 섭취한다. 광합성을 담당하는 것은 잎의 엽록체 속에 있는 엽록소. 광합성에 필요한 요소는 이산화탄소와 물 그리고 빛이다. 뿌리와 잎으로 흡수한 물과 이산화탄소는 엽록소에 의해 탄수화물과 산소로 바뀌며, 이때 반드시 빛에너지(햇볕)가 필요하다. 맥이 나뭇잎을 다 먹어버리면 광합성을 할 수 없으니 그 나무가 영양실조로 사망하는 것은 당연지사.

는 거야."

"그 얘긴 나도 알아."

"아마존에서 나무를 함부로 베고 동물을 밀렵하는 사람들은 그 거위 주인이랑 다를 게 없어. 꼭 필요한 만큼만 얻어가면 될 텐데 다들 눈앞의 이익에 어두워서 쓸데없는 욕심을 부리고 있는 거야. 동물들에게도 있는 지혜가 왜 그들에겐 없을까?"

"무슨 지혜?"

"지난번에 우리가 구해 준 동물 있지?"

"맥?"

"맞아. 맥은 너처럼 먹성이 좋아서 거의 하루종일 나뭇잎을 먹어. 하지만 녀석은 절대 한 나무에서 잎을 다 뜯어먹지 않아. 아직 안 먹은 잎이 많이 남아 있는 데도 그걸 남겨두고 다른 나무로 가는 거야."

"왜 그러는데?"

"이런 바보. 생각을 해봐. 잎을 다 뜯어먹어 버리면 나무가 죽어 버리잖아."

"아하, 그렇구나."

"나무가 죽으면 자기가 먹을 식량이 점점 줄어들게 돼. 그리고 그 나무에서 살아가는 수많은 생물들이 죽기 때문에 정글이 균형을 잃게 되고 결국은 맥도 정글에서 살 수가 없어. 당장 배부르자고 자기가 살아가는 터전을 망가뜨릴

동물들의 본능적 지혜
아마존의 개미핥기는 하루
에 1만 5천 마리나 되는 개
미를 먹지만 절대 한꺼번에
배를 채우는 법이 없다. 5백
마리 정도를 먹고 나면 곧바
로 다른 개미굴을 찾아 이동
한다. 그래야 개미들이 계속
번식을 할 수 있기 때문. 정
글의 청소부인 개미가 없으
면 아마존은 금세 더러운 쓰
레기장이 되고 만다. 아마존
의 모든 동물들은 이처럼 정
글을 유지하는 본능적인 지
혜를 가지고 있다

수는 없잖아. 맥은 그걸 아는 거야."

"거 참 기특한 놈일세."

"맥뿐만 아니라 다른 동물들도 그런 건 다 알아. 그러니
얼마나 한심한 일이야. 말 못 하는 동물들도 그런 지혜를
갖고 있는데 하물며 인간들이 그보다 못한 짓들을 하고 있
으니."

"정말 그렇구나."

노빈손은 자연의 오묘한 질서에 감탄하며 고개를 끄덕였
다. 그리고 혹시 자기가 거위 주인처럼 어리석게 살아오지
않았는지 곰곰이 생각해 보았다. 자기에게 많은 깨달음을
준 마쿠나이마가 새삼 고맙게 느껴지기도 했다.

둘은 밤늦도록 많은 이야기를 나누었다. 노빈손은 자기
가 무인도에서 겪은 모험담을 군데군데 허풍까지 섞어가며
신나게 떠벌여댔다.

"그래서 내가 멧돼지랑 일 대 일로 붙었는데…… 따귀를
때렸더니 어금니가 부러지고 이단 옆차기를 했더니 갈비뼈
가…… 근데 하필 그때 식인종이 나타나는 바람에……."

입에 거품을 물고 열변을 토하던 노빈손은 문득 마쿠나
이마가 매우 조용해져 있음을 깨달았다. 어깨를 툭툭 치고
흔들어도 봤지만 아무런 반응이 없었다.

"야, 자냐?"

"드르렁 — 푸우—."

대답 대신 코고는 소리가 요란스레 들려왔다. 이럴 수가. 친구가 이렇게 열심히 얘길 하는데 안 듣고 잠을 자다니. 그것도 코까지 골아가면서……. 노빈손은 잔뜩 심통이 난 표정으로 투덜거렸다.

"나쁜 자식! 넌 친구도 아냐."

마법의 물기둥

후두두둑ㅡ.

갑자기 머리 위로 주먹만한 빗방울이 떨어졌다. 야카레의 딱딱한 등가죽마저 죄다 뚫어 버릴 것 같은 거센 빗방울이었다. 마쿠나이마는 황급히 강기슭으로 카누를 저어갔다. 이번 비는 여느 때와 달리 엄청난 폭우가 되리라는 걸 직감했던 것이다.

"야, 이거 장난이 아닌데?"

"그러게. 하늘에 구멍이 뚫렸거나 하느님이 오줌소태거나 둘 중 하나인 게 분명해."

둘은 근심스러운 표정으로 하늘과 강물을 번갈아 쳐다보았다. 빗줄기가 어찌나 촘촘하던지 얼핏 봐선 강물이 하늘로 솟구쳐 오르는 것 같았다. 수직으로 흐르는 강이라고 해도 지나치지 않을 만큼의 무시무시한 폭우였다.

우르릉— 쾅쾅—.

천둥소리가 정글을 뒤흔들기 시작했다. 물가에 엎드려 있던 야카레들이 기겁을 하며 허둥지둥 날뛰기 시작했다. 마쿠나이마의 표정이 조금씩 어두워지고 있었다.

"아무래도 심상치 않아. 꼭 무슨 일이 벌어질 거 같애."

우르르릉— 우르르릉—.

노빈손의 귀에 이상한 소리가 들려온 건 천둥이 약간 잦아들기 시작할 무렵이었다. 비행기가 지나갈 때의 소리 같은 요란한 굉음이 어디선가 들려오고 있었다.

"이게 무슨 소리지?

순간, 강 건너편의 정글 위쪽으로 뭔가 거무스름한 것이 연기처럼 치솟았다. 장대 같은 빗줄기에 가려 희미하게 보이던 그 연기는 강 쪽을 향해 빠른 속도로 이동해 오고 있었다. 저게 뭐야? 이 억수 같은 빗속에서 연기라니? 멍한 표정으로 건너편을 주시하던 노빈손의 눈이 갑자기 세숫대야만큼이나 크게 벌어졌다.

"악!"

그것은 거대한 회오리였다. 엄청난 돌개바람이 주변의 모든 것을 빨아들이며 다가오고 있었던 것이다. 사람 몸통보다 굵은 나무들이 바람에 휩쓸려 뿌리째 하늘로 솟구쳐

번개에 대한 상식
번개는 공기 중에서 일어나는 방전 현상. 전하를 띤 구름과 땅 사이에 전류가 흐르는 것이 벼락이고, 그때 발생하는 열에 의해 팽창한 공기의 진동소리가 천둥이다. 번개는 태양 표면의 4배인 2만 7천 도의 열을 내며 전압은 무려 10억 볼트에 이른다. 빛은 1초에 30만Km를 가고 소리는 1초에 340m를 가기 때문에 번개가 번쩍인 후 천둥소리가 날 때까지의 시간을 재면 거리를 알 수 있다. 비가 올 때 번개가 잦은 건 습기로 인해 공기의 전도성이 높아지기 때문.

올랐다.

"으아아, 빨리 도망가자."

노빈손이 발을 동동 구르며 마쿠나이마에게 소리쳤다. 하지만 마쿠나이마는 마치 땅에 뿌리라도 내린 사람처럼 꼼짝도 하지 않은 채 회오리의 움직임을 뚫어져라 쳐다보고 있었다. 그러더니 들릴 듯 말 듯한 목소리로 가만히 중얼거렸다.

"용오름……."

다급해진 노빈손이 마쿠나이마의 손을 잡아끌며 다시 소리쳤다.

"야! 도망가자니까 뭐하는 거야? 저 회오리에 휩쓸리면 그땐 끝장이란 말야."

그때였다. 조금 전과는 비교도 되지 않을 정도로 어마어마한 굉음이 강 한복판에서 터져나왔다. 고막이 터지는 듯한 고통을 느끼며 노빈손이 귀를 틀어막으려 할 때, 이빈에는 바로 옆에서 마쿠나이마가 벼락처럼 고함을 내질렀다.

"용오름이다!"

강 쪽으로 고개를 돌린 노빈손의 입이 커다란 동굴처럼 떡 벌어졌다.

너무나도 경이로운 광경이었다. 거대한 물기둥이 마치 폭우를 뚫고 승천하는 용처럼 하늘로 까마득히 솟구쳐 올랐다. 나선형으로 휘감겨 올라가는 그 물기둥의 지름은 어림잡아 20여 미터는 족히 되는 듯했다. 팔뚝만한 물고기들이 가랑잎처럼 휩쓸려 하늘로 올라가는 게 보였다. 얼마나 높이 치솟았는지 땅에서는 물기둥의 끝이 전혀 보이지 않을 정도였다.

"세상에 저럴 수가."

노빈손은 완전히 넋 나간 표정으로 물기둥을 쳐다보았다. 이런 거짓말 같은 일이 눈앞에서 벌어질 줄이야……. 마치 턱 빠진 사람처럼 멍하니 입을 벌리고 서 있는 노빈손에게 마쿠나이마가 안심하라는 듯 손가락으로 동그라미를 만들어 보였다.

물 위의 토네이도 용오름

용오름은 바다나 강에서 일어나는 토네이도. 영어로는 'waterspout'라고 한다. 토네이도가 미국 남부에서 주로 발생하는 것과 달리 용오름은 발생 지역이 광범위하며 우리나라도 거기에 포함된다. 〈조선왕조실록〉에 보면 세종 때 제주 안무사가 "바다에서 다섯 용이 솟아 하늘로 올라갔는데 운무가 자욱해서 머리는 보지 못하였다"고 보고한 대목이 나오는데, 학자들은 그 용이 아마도 먼 바다에서 일어난 용오름이었을 것으로 추측하고 있다. 용의 머리를 감춘 '자욱한 운무'는 다름 아닌 적란운이었으리라는 것. 울릉도 앞바다에서는 3~5년에 한 번 꼴로 용오름이 일어난다.

115

용오름은 느림보?
토네이도는 초속 100~200
m의 엄청난 바람을 일으키
면서 이동한다. 이동 속도는
시속 50~60Km이며 이동
거리는 10~30Km. 하지만
용오름은 땅 위의 토네이도
보다 위력이 훨씬 약하고 더
빨리 소멸된다. 상승기류는
구름기둥 안팎의 온도 차이
에 의해 일어나는데 물은 땅
에 비해 온도가 적기 때
문. 게다가 물이 공기보다
훨씬 무겁기 때문에 소용돌
이도 느려져서 용오름의 풍
속은 초속 20m 미만이다.
육지에 비하면 1/5~1/10 수
준.

"이젠 됐어. 용오름은 대부분 물 밖으로 이동하지 않고 그 자리에서 잦아들거든."

"용오름? 그게 저 물기둥의 이름이야?"

"모양을 봐. 꼭 용이 올라가는 거 같잖아."

"어떻게 저런 일이…… 난 내 눈으로 보고도 못 믿겠는걸."

"흔한 일은 아냐. 나도 두세 번밖에는 못 봤으니까."

물기둥은 약 10여 분간 계속 솟구치다가 차츰 잦아들기 시작했다. 그러더니 수도꼭지를 잠가 버린 분수처럼 뚝 하고 끊기며 순식간에 눈앞에서 사라졌다. 물기둥이 사라진 강물은 마치 언제 그런 일이 있었느냐는 듯 다시 원래대로 흐르기 시작했다.

"휴우, 하마터면 하늘로 날아갈 뻔했네."

노빈손이 턱뼈를 원위치시키며 가슴을 쓸어내렸다. 하지만 마쿠나이마는 여전히 개운치 않은 표정으로 뭔가 골똘하게 생각하는 눈치였다.

"불길해. 아무래도 불길해."

"왜? 이젠 다 지나갔잖아."

"용오름이야 물론 지나갔지."

"그럼 뭐가 안 지나갔는데?"

"저주."

"엥? 저주라니?"

"아마존엔 이런 전설이 있어. 어떤 무서운 마법이 용오름을 부른다는. 그래서 용오름이 지나간 뒤엔 반드시 그 마법의 저주가 찾아온다는……."

허거걱! 노빈손은 기겁을 하며 마쿠나이마의 입을 틀어막았다. 그리고는 눈을 잔뜩 흘기며 나무라는 듯한 표정으로 말했다.

"야! 넌 나이가 몇인데 그런 만화 같은 소릴 하냐? 그거다 미신이야. 용오름은 그냥 자연현상일 뿐이라구. 저주 같은 건 절대 없단 말야."

"나도 그러길 바래. 하지만……."

"하지만 뭐?"

"왠지 느낌이 좋질 않아."

콰콰쾅! 마쿠나이마의 말에 맞장구라도 치듯 요란한 우레소리가 하늘을 뒤흔들었다.

회오리의 다양한 족보
모든 토네이도는 회오리지만 모든 회오리가 다 토네이도인 건 아니다. 〈아라비아의 로렌스〉에 나오는 사막의 모래 회오리(무협지에 나오는 용권풍)는 땅 표면의 불균등 가열 때문에 생겨난다. '더스트 데블(흙먼지 마왕)'이라 불리는 이 바람은 토네이도와는 반대로 땅에서 생겨나 하늘로 올라가는 괴물이다. 사막 외의 다른 지역에서도 구름과 상관없이 일어나는 회오리가 많은데, 그런 건 토네이도와 족보가 다르다.

역류! 아마존의 포로로카

낮에 물기둥 구경을 해서 그랬는지 자꾸만 오줌이 마려웠다. 벌써 세 번씩이나 자다 말고 일어난 노빈손은 비몽사몽 팔자걸음으로 나무 뒤로 걸어가 허리띠를 풀렀다.

쏴아아─.

"히히, 오줌발 한번 짱이다. 어렸을 때 멀리누기 일등하던 실력이 아직 안 죽었구나."

쪼르르륵~ 톡톡─. 오줌줄기가 차츰 가늘어지다가 끊겼다. 노빈손은 몸을 한번 부르르 떨고 나서 남대문을 다시 채웠다. 뭔가 이상한 소리가 들려온 건 바로 그때였다.

쏴아아─.

"어라?"

이게 무슨 소릴까? 누고 털고 떠는 3단계 작업이 분명히 다 끝났는데? 아무리 멀리누기 챔피언이기로서니 아까 발사한 오줌줄기가 아직도 날아가고 있단 말야? 노빈손은 고개를 갸웃하며 소리의 정체를 찾아 아직 어둑어둑한 새벽 강변을 어슬렁거렸다.

잠시 후, 노빈손의 눈이 갑자기 왕방울만하게 변했다. 강변에 묶어둔 카누가 줄이 풀린 재 둥둥 떠내려가고 있었던 것이다. 노빈손은 정글이 떠나갈 듯 고함을 내지르며 카누를 쫓아 뜀박질을 하기 시작했다.

"가만. 이게 어떻게 된 거지?"

노빈손은 경황 중에도 문득 이상한 생각이 들어 자리에 우뚝 멈춰섰다. 카누가 강물에 떠내려간다면 당연히 하류 쪽으로 흘러가야 맞는 거 아닌가. 하지만 카누는 지금 상류 쪽으로 떠내려가고 있었다. 뱃사공도 없는 배가 강물을 거꾸로 거슬러 올라가고 있었던 것이다.

"내가 아직 잠이 덜 깼나?"

노빈손이 제 손으로 뺨을 찰싹찰싹 때릴 무렵, 아까 들려왔던 그 소리가 한결 더 또렷하게 귓가에 들려왔다.

쏴아아— 콰르르르르—.

뭔가 음산하고 심상치 않은 느낌이 확 다가왔다. 잠에서 깬 마쿠나이마가 횃불을 들고 달려오는 게 보였다.

"뛰어! 빨리 뛰어!"

"뭐? 왜 뛰어? 어디로 뛰어?"

"멍청아, 빨리 뛰어서 카누에 올라타란 말야."

"왜?"

"포로로카야. 머뭇거리면 죽어! 빨리 뛰라니까."

포로로카? 무슨 소린지 알아들을 수는 없었지만 머뭇거리면 죽는다는 말이 엄청난 공포를 불러일으켰다. 노빈손은 앞뒤 가릴 겨를도 없이 죽을 둥 살 둥 강물 속으로 뛰어들었고, 뒤이어 마쿠나이마가 첨벙거리며 달려왔다. 카누에 올라탄 마쿠나이마의 얼굴이 전에 없이 새파랗게 질려 있었다.

"대체 무슨 일이야. 포로로카가 뭔데 그런……."

노빈손의 말은 더 이상 이어지지 못했다. 아니, 설사 이어졌다 해도 마쿠나이마는 그걸 듣지 못했을 것이다. 천지를 집어삼킬 듯한 엄청난 굉음이 강의 하류에서 밀려오고

119

있었으니까.

밀려온 건 소리뿐만이 아니었다. 무시무시한 물살이 마치 자동차처럼 빠른 속도로 거슬러 올라오고 있었다. 그건 물살이라기보다는 차라리 파도였다. 집채만큼 거대한 파도가 허연 이빨을 드러낸 괴물처럼 맹렬하게 밀려오고 있었던 것이다.

도저히 있을 수 없는 일이었다. 바다도 아닌 강에서 저런 해일 같은 파도가 밀려오다니. 마쿠나이마의 말대로 마법의 물기둥이 기어이 그들에게 저주를 내린 것일까?

하지만 생각하고 말고 할 겨를도 없었다. 파도는 어느새 그들이 탄 카누의 턱밑까지 들이닥치고 있었다. 작은 카누가 마치 망망대해에서 파도에 휩쓸린 조각배처럼 위태롭게 흔들리며 까마득한 높이로 솟아올랐다.

"으읍! 어푸어푸—."

"꽉 잡아! 놓치면 물귀신 되는 거야."

처절한 사투가 벌써 몇 시간째 이어졌다. 강기슭의 나무들을 마구 쓰러뜨리며 맹렬하게 거슬러 올라오는 포로로카의 위력은 실로 공포스러운 것이었다. 뿌리째 뽑힌 굵은 나무들이 성냥개비처럼 떠다니다가 카누를 휙휙 스치고 지나갔다.

둘은 젖먹던 힘을 다해 카누의 뱃전을 움켜잡았다. 노를 젓는다는 건 아예 꿈도 꿀 수 없었다. 물에 빠지지 않고 배

위에서 버티는 것만이 그들이 할 수 있는 최선이었다. 카누
는 5~6미터나 되는 파도의 꼭대기에 얹혔다가 다시 아래
로 떨어지길 수도 없이 되풀이했다.

콰르르르르― 쏴아아―.

"푸우― 괜찮냐?"

"응! 아직은."

우르르르릉― 쏴아아―.

"꼬르륵―. 괜찮냐?"

"응! 아직도."

물이 잔뜩 들어간 귀가 소리를 제대로 들을 수 없을 정도
로 멍멍해졌을 무렵, 다행히도 포로로카의 위세가 조금씩
누그러들기 시작했다. 파도의 높이가 차츰 낮아졌고 물살
의 속도도 눈에 띄게 느려진 것 같았다. 그리고 잠시 후, 마
침내 강은 평정을 되찾았다.

"휴우― 용궁 가는 줄 알았네."

"십 년 감수했다."

아찔한 위기를 넘긴 노빈손과 마쿠나이마는 그제서야 한
숨을 내쉬며 젖은 얼굴을 닦아냈다. 몇 올 안 되는 노빈손
의 머리카락이 수초더미처럼 엉킨 채 머리에 바짝 달라붙
어 있었다. 기특한 것들. 그 와중에도 안 빠지고 그대로 붙
어 있다니.

"정말 무서운 저주였어."

건기의 아마존

건기(8월~11월)가 되면 아마존에는 매우 커다란 변화가 찾아온다. 일단 강물의 양이 줄면서 우기 내내 물에 잠겨 있던 빠지아가 다시 울창한 정글로 변한다. 그리고 강변 양쪽에는 진흙과 모래땅이 서서히 드러나기 시작한다. 정글 곳곳에 커다란 물 웅덩이가 생기고, 길을 잘못 든 물고기들이 수백 마리씩 떼를 지어 그 안에서 파닥거린다. 야카레나 아나콘다가 무수한 먹이감들 앞에서 콧노래를 부르는 때가 바로 이 무렵이다.

마쿠나이마의 중얼거림을 들은 노빈손은 이번엔 아무런 대꾸를 하지 않았다. 단순한 자연현상이라고 말하기엔 포로로카의 공격이 너무나 끔찍했기 때문이다. 하지만 아무래도 좋았다. 설사 그게 마법의 저주였다고 해도 이젠 모두 지나갔으니까.

공포의 뱀 아나콘다

물이 점점 빠지고 있는 게 확연히 느껴졌다. 강변 나무들의 밑둥이 조금씩 드러나기 시작했고, 군데군데 모래나 진흙이 드러난 곳이 보이기도 했다. 어느덧 아마존의 계절이 우기에서 건기로 접어들고 있었던 것이다.

새벽녘에 잠에서 깬 노빈손은 넓고 부드러운 나뭇잎 몇 장을 뜯은 다음 강변으로 나와 쭈그리고 앉았다. 갑자기 뱃속이 느글거리며 끙아가 마려웠기 때문이다.

쉿― 쉬이잇―.

길고 날카로운 휘파람 소리가 어디선가 들려왔다. 겁먹은 표정으로 주변을 두리번거리던 노빈손은 갑자기 찢어지는 듯한 비명을 지르며 털썩 주저앉았다. 엉덩이에 뭔가 질퍽하고 뜨뜻한 게 닿았지만 그런 건 생각할 겨를도 없었다.

"꺄아아아아악ㅡ."

비명소리에 놀라 뛰쳐나온 마쿠나이마는 눈앞에 펼쳐진 광경을 보고 돌덩이처럼 그 자리에 우뚝 멈춰 섰다. 길이가 20미터나 되는 무시무시한 뱀 한 마리가 나무에 매달린 채 노빈손을 노려보고 있었던 것이다.

"어으ㅡ 어으으ㅡ."

노빈손이 모기소리처럼 가느다랗게 신음을 흘렸다. 엄청난 공포로 인해 몸이 마치 나무토막처럼 뻣뻣하게 마비되어 있었다.

"노빈손! 정신 차려. 그래야 살 수 있어."

"으흐흐흐…… 저 놈이 날 물면 어떡해."

"안 물어. 아나콘다는 독이 없다구. 놈은 먹이를 몸으로 감고 꽉 졸라서 죽여."

"허억! 저게 바로 그 무시무시한 아나콘다야?"

노빈손은 갑자기 머리가 아득해졌다. 자기가 지금 세상에서 제일 크다는 공포의 뱀 아나콘다에게 걸렸단 말인가. 언젠가 비디오로 본 영화 '아나콘다'의 장면들이 번개처럼 머리를 스치고 지나갔다. 으으, 한번 감기면 뼈도 못 추릴 텐데.

아나콘다가 갑자기 스르르 몸을 움직이기 시작했다. 녀석의 뱀장어 같은 혀가 노빈손의 얼굴에 거의 닿을락 말락 했다. 으아아ㅡ. 정신을 잃어가는 노빈손의 귓가에 '슈우 사람의 뜀박질 능력은?
100m 달리기에서 최초로 '마의 10초' 벽을 깬 사람은 1968년 멕시코 올림픽에서 9초95를 기록한 짐 하인즈. 하지만 30여 년이 지난 지금 세계기록은 겨우 0.11초 빨라진 9초84에 그치고 있다. 1년에 불과 0.006초가 단축된 셈이다. 그들의 기록을 시속으로 환산하면 약 36Km/h로, 말이나 치타는 물론이고 사냥개보다도 느리다. 뜀박질에 관한 한 다른 동물들 앞에 명함도 못 내밀 굼벵이가 바로 인간이다.

웃―' 하는 날카로운 휘파람 소리가 꿈결처럼 아득하게 들려왔다.

"크앗! 크으으으―."

갑자기 아나콘다가 소름 끼치는 괴성을 지르며 미친 듯이 머리를 흔들어댔다. 나무가 흔들리면서 나뭇잎들이 후두둑 밑으로 떨어져 내렸다. 마쿠나이마가 노빈손의 어깨를 흔들며 큰 소리로 외쳤다.

"뛰어!"

"어으으……."

"바보야! 빨리 뛰라니까! 죽고 싶어?"

으윽! 죽으면 안 되지. 노빈손은 그제서야 정신을 차리고 일어나 죽어라고 뛰기 시작했다. 용오름과 포로로카에 이어 또 한 번의 위기가 무사히 지나가는 순간이었다.

"야! 대체 어디까지 간 거야?"

노빈손을 찾는 마쿠나이마의 목소리가 정글 속에 울려퍼졌다. 저만치 나무 뒤에서 노빈손이 살그머니 고개를 내밀고 겁먹은 표정으로 주위를 둘러보았다.

"이젠 됐어. 뛰랜다고 그렇게 멀리까지 뛰어가면 어떡하냐?"

"아나콘다 갔어?"

"갔다니까. 제발 정신 좀 차리라구."

노빈손은 마치 여지껏 숨을 참아 왔던 사람처럼 깊고 깊은 한숨을 내쉬었다. 그는 조금 전의 상황을 아직도 제대로 이해하지 못하고 있었다.

"대체 어떻게 했길래 녀석이 그렇게 날뛰었어?"

"이거야."

마쿠나이마가 긴 화살총을 흔들어 보였다. 바늘만한 화살을 꽂아서 부는 인디오들의 무기.

"설마. 이렇게 작은 화살로 그 무시무시한 아나콘다를 이겼단 말야?"

"화살의 크기는 중요하지 않아. 어딜 쏘느냐가 중요하지."

"어딜 쐈는데?"

"여기."

마쿠나이마가 손가락으로 제 콧등을 가리켰다. 노빈손은 여전히 이해가 안 간다는 표정으로 다시 물었다.

"콧잔등?"

"아나콘다의 콧등에는 작은 구멍이 있어. 곤충의 더듬이 같은 일종의 감각기관이지. 거기가 녀석의 급소야."

"우와, 그 작은 화살로 그 작은 구멍을 맞췄다고?"

"그 정도야 식은 죽 먹기지."

마쿠나이마는 어깨를 우쭐하며 빙그레 웃었다. 노빈손은 생명의 은인인 마쿠나이마에게 더할 나위 없는 고마움을

똥에 대한 몇가지 상식
똥의 3/4은 수분이고 나머지는 이런저런 덩어리들이다. 덩어리의 30%는 죽은 세균들, 10~20%는 지방질, 10~20%는 인산칼슘 등의 무기물질, 2~3%는 단백질, 그리고 나머지 30~50%는 소화되지 않은 음식물 찌꺼기들로 되어 있다. 똥 색깔이 황금색(=똥색)인 것은 담즙 색소인 '빌리루빈'의 영향인데, 황달 걸린 환자의 얼굴이 노래지는 것도 간에서 빌리루빈을 제대로 분해하지 못하기 때문이다. 똥에서 나는 냄새는 세균 분해작용의 부산물.

느꼈지만 한편으론 은근히 걱정이 되기도 했다. 앞으로 마쿠나이마가 걸핏하면 공치사를 늘어놓을 게 뻔했기 때문이다.

'앞으로 최소한 한 달은 잘난 척을 하겠지?'

노빈손이 다시 긴 한숨을 내쉬는 순간, 마쿠나이마가 갑자기 인상을 찌푸리며 코를 움켜쥐고 소리를 버럭 질렀다.

"야! 빨리 똥 닦아."

민물의 바다 아마존

카누는 강물의 흐름을 따라 순조롭게 동쪽으로 나아갔다. 이대로 가면 머지않아 마호가니 신목이 있다는 마나우스에 도착하게 될 것이었다. 노빈손과 마쿠나이마가 여행을 시작한 지도 어느덧 두 달이 가까워 오고 있었다.

쿵—.

갑자기 뭔가 육중한 것이 카누 밑바닥에 세게 부닥쳤다. 카누가 금방이라도 뒤집힐 것처럼 심하게 흔들렸고, 노빈손은 비명을 지르며 뱃전에 대롱대롱 매달렸다.

순간, 그의 눈에 어마어마하게 큰 물고기가 꼬리를 휘저으며 헤엄치는 게 보였다. 몸 길이가 거의 3미터는 될 것 같은 거대한 녀석이었다. 노빈손이 침을 꼴깍 삼키며 뭐라고 말하려는 순간, 마쿠나이마가 먼저 큰 소리로 고함을 질렀다.

"피라루쿠다!"

"뭐라구? 그게 뭔데?"

"피라루쿠. 아마존에서 제일 큰 물고기야. 저 녀석이 카누를 들이받은 거야. 우와, 하마터면 큰일날 뻔했다."

노빈손은 그게 고래나 참치가 아닌 민물고기라는 사실이 도무지 믿어지지 않았다. 하지만 지금은 혹시라도 녀석이 되돌아와서 카누에 헤딩을 하지 않는지 살피는 게 우선이었다. 자칫 카누가 뒤집히기라도 하면 그 괴물 같은 물고기와 나란히 수영을 해야 하기 때문이다.

피라루쿠가 멀리 사라진 걸 확인한 마쿠나이마는 여전히 바들바들 떨고 있는 노빈손을 보고 은근히 장난기가 발동했다. 이 녀석을 어떻게 골려줄까……. 그의 얼굴에 회심의 미소가 소리없이 떠오르고 있었다.

"내가 무시무시한 얘기 해줄까?"

"뭔데?"

"우리 부족에 무레빠지오라는 아저씨가 있었는데, 피라루쿠가 뗏목을 뒤집는 바람에 물에 빠져서 그만 고기밥이 됐거든?"

"으으ㅡ."

아마존의 월척, 피라루쿠
피라루쿠는 몸 길이 4~5m에 몸무게가 200Kg이나 되는 아마존 최대의 월척. 고기 맛이 좋아 흔히 '민물 대구'로도 불린다. 아가미와 허파를 모두 가지고 있으며, 몸에 산소를 공급하기 위해 가끔 수면 위로 올라오는 경우가 있다. 아마존의 어부들은 그 때를 기다렸다가 큰 작살을 던져 피라루쿠를 잡는다. 한 마리만 잡으면 온 동네 인디오들이 배를 두드리며 포식을 할 정도. 하지만 댐 공사를 비롯한 각종 개발로 인해 지금은 찾아보기가 매우 어려울 정도로 숫자가 줄어든 상태다.

"복수에 나선 아들 따라빠지오가 큰 작살로 피라루쿠를 쐈어. 근데 녀석이 어찌나 힘이 세던지 그만 작살을 잡은 채 물 속으로 끌려 들어갔지 뭐야."

"으으으―."

"나중에 손자인 자바끌리오가 결국 녀석을 잡아서 끌어 올렸는데, 그때까지도 옆구리에 작살이 박혀 있었대. 근데 작살 끝에 하얀 백골이…….'"

"으아아아― 그만!"

노빈손은 두 손으로 귀를 틀어막으며 비명을 질러댔다. 마쿠나이마가 깔깔거리며 뭐라고 말을 했지만 노빈손에겐 입만 벙긋거리는 것처럼 보였다. 그 모습이 왠지 입을 뻐끔거리는 피라루쿠를 닮은 것 같아 노빈손은 아예 눈까지 질끈 감아 버렸다.

눈을 뜨자마자 노빈손은 다시 기겁을 했다. 저만치 앞에서 아까 그 피라루쿠만큼이나 거대한 물고기가 불쑥 머리를 내밀었던 것이다. 녀석은 희한하게도 마치 육상동물의 그것과 같은 커다란 콧구멍을 갖고 있었다.

"어흐흐― 저건 또 무슨 생선이냐."

"저건 생선이 아냐. 매너티라는 젖먹이 동물이라구."

"젖먹이 동물? 그럼 포유류란 말야?"

"그렇지. 몸집이 커서 흔히 해우(바닷소)라고도 불러."

마쿠나이마는 말을 하다 말고 문득 이상하다는 표정을 지었다. 매너티가 떠 있는 부근의 물이 왠지 불그스름해 보였기 때문이다. 어디에서 상처를 입었는지 매너티의 몸에서 가느다란 핏줄기가 흘러나오고 있었다.

"피를 흘리면 위험할 텐데……."

"왜? 빈혈로 쓰러질까봐?"

"그게 아니라……."

마쿠나이마는 근심스런 표정으로 주변을 휘휘 둘러보았다.

물고기떼가 나타난 건 매너티가 사라진 지 채 1분도 지나지 않아서였다. 분홍빛 몸에 파란색 배를 지닌 녀석들의 모습은 마치 수족관의 관상어처럼 예쁘고 화려해 보였다. 하지만 마쿠나이마는 왠지 녀석들이 반갑지 않은 표정이었다.

"이제 곧 무시무시한 구경을 하게 될 거야."

노빈손이 그 말의 뜻을 이해하는 데는 그리 오랜 시간이 필요치 않았다. 물고기떼들이 저만치 앞에서 물을 사방으로 튕기며 바글거리고 있었던 것이다. 목을 길게 빼고 그쪽을 바라보던 노빈손이 갑자기 불에 덴 듯한 외마디 비명을 질렀다.

"악!"

끔찍한 광경이었다. 물고기떼가 파닥거리는 부근의 강물은 마치 붉은 페인트를 트럭으로 갖다 부은 것처럼 시뻘겋게 변해 있었다. 그리고 녀석들의 한가운데엔 조금 전에 본 매너티가 절반은 남아 있고 절반은 뼈가 드러난 채 무참하게 뜯어먹히고 있었다. 물고기들의 날카로운 이빨이 햇빛에 반사되어 면도날처럼 반짝거렸다.

"으으, 저럴 수가……."

"내가 무시무시한 구경을 하게 될 거라고 그랬잖아."

"대체 저 괴물들은 뭐라는 생선이야?"

"피라니아."

"피라니아? 아하! 그 식인 물고기라는?"

노빈손은 그제서야 녀석들이 식인어로 악명이 높은 피라니아임을 깨달았다. 상어처럼 피냄새를 맡고 나타나 순식간에 상대를 하얀 백골로 만들어 버린다는 아마존의 저승사자. 바로 그 피라니아가 눈앞에서 피의 향연을 벌이고 있었던 것이다.

"어우, 잔인한 놈들."

"아마존에선 일단 피냄새를 풍기면 그걸로 끝장이지. 매너티가 운이 없었어."

말을 하는 도중에도 피라니아들은 잔인한 식사를 멈추지 않았다. 잠시 후, 강물 위엔 살점 하나 남지 않은 매너티의 하얀 갈비뼈만 둥둥 떠다니고 있었다.

"정말 놀랐어. 생긴 건 예쁜 녀석들이 어쩌면 그렇게 포악할까?"

"그러니까 너도 조심해. 사람이건 동물이건 예쁘다고 무조건 가까이 했다간 큰코다치는 수가 있으니까."

"괜찮아, 난."

"어째서?"

"내 여자친구 말숙이는 예쁜 거랑은 애시당초 거리가 멀

공포의 식인어 피라니아
아마존의 모든 강물에 널리 퍼져 있는 피라니아는 사람을 잡아먹는 식인 물고기로 악명이 높다. 한때는 아주 작은 물고기로 알려지기도 했지만 실제 몸길이는 20∼30cm 정도이며 마치 관상어처럼 색깔이 화려하다. 늘 수백 마리씩 떼를 지어 다니면서 면도날처럼 날카로운 이빨로 다른 물고기와 동물들을 잡아먹는다. 상어처럼 피냄새에 민감하며, 일단 공격을 시작하면 아무리 큰 동물이라도 순식간에 뼈만 남기는 무시무시한 생선이다. '피라니아'는 인디오 말로 '이빨 있는 생선'이라는 뜻.

131

민물의 바다 아마존
아마존에는 대략 3천여 종
의 물고기가 살고 있는 것으
로 알려져 있다. 이는 유럽
의 모든 강을 합친 것보다
10배나 많은 숫자이며, 대서
양 전체와 거의 비슷한 수준
이다. 아마존에 특히 많은
것은 메기인데, 길이 3m에
몸무게가 2백Kg인 초대형
메기가 있는가 하면 멸치나
미꾸라지만큼 작은 종류도
있다. 바늘만한 메기가 목욕
중인 남자의 요도 속으로 파
고 들어갔다는 얘기가 있을
정도(으으!). 아가미와 부레
를 동시에 지닌 폐어는 원시
시대 어류의 모습을 그대로
간직하고 있기 때문에 생물
사 연구용으로도 가치가 높
다.

거든."

"성격은 좋고?"

"아니, 당연히 성격도 포악하지."

말숙이 얘기가 나오자 노빈손은 문득 몸서리를 쳤다. 덩치는 조그마한 게 어쩌면 그렇게 주먹이 셀까…… 그래도 뭐, 얼굴 예쁘고 성격 포악한 거보다는 얼굴이랑 성격이 같이 포악한 게 낫지. 최소한 속았다는 느낌은 안 드니까.

"아마존의 수중 생물들을 감상한 기분이 어때?"

"정신없지 뭐. 괴물에 해우에 식인어에…… 대체 아마존엔 얼마나 많은 물고기들이 살고 있는 걸까?"

"그건 아무도 모르지. 아마존을 창조한 신도 정확히 모를 거야."

"내 생각엔 고래만 빼고는 다 있을 거 같아."

"무슨 소리! 그건 틀렸어."

"그럼 또 없는 게 있단 말야?"

"아니지. 내 말은……."

마쿠나이마가 빙그레 웃으며 말을 이었다.

"고래도 있다는 뜻이야."

분홍 돌고래의 전설

새벽. 언제나처럼 강가에서 멀리누기 연습을 하던 노빈손은 문득 강 위에서 작은 분수 같은 물줄기가 치솟는 걸 발견했다. 졸린 눈을 부비며 목을 길게 빼는 순간, 뭔가 큼지막한 물고기가 첨벙거리며 물 속으로 자맥질해 들어가는 것이 보였다. 물 위로 잠시 드러난 녀석의 꼬리는 은은한 분홍빛이었다.

"뭐였지? 피라루쿠도 아니고 매너티도 아니고……."

고개를 갸우뚱거리던 노빈손이 갑자기 이마를 탁 치며 우뚝 멈춰 섰다. 조금 전에 본 그 분수가 뭘 의미하는지 그제서야 알아차렸던 것이다. 물 위에 등을 드러내고 분수처럼 물을 내뿜는 동물. 세상에 그런 동물은 오직 하나밖에 없었다.

"고래다!"

노빈손은 재빨리 눈을 돌려 강물 위를 샅샅이 훑었다. 하지만 이미 물 속으로 사라진 고래의 모습은 어디에서도 다시 찾을 수 없었다.

"정말로 고래가 있었구나. 거짓말인 줄 알았는데……."

어제 저녁에 마쿠나이마로부터 아마존에 고래가 있다는 얘길 들었을 때만 해도 노빈손은 웃기지 말라며 코웃음을

고래가 바다로 간 까닭은?
육지에 살던 고래가 바다로 이사간 것은 약 6천만 년 전인 백악기. 천재지변(빙하기 등)으로 인해 땅 위에 먹을 것이 부족해지자 목에 풀칠을 하기 위해 거주지를 바다로 옮겼다고 한다. 세월이 흐르는 동안 앞발은 헤엄치기에 편한 지느러미로 바뀌었고, 뒷발은 퇴화하여 흔적(뼈)으로만 남아 있다. 하지만 몸 속은 여전히 포유동물인 까닭에 허파로 호흡을 하며, 숨이 차면 물 위로 떠올라 숨을 깊이 내쉰다. 이때 콧구멍을 통해 공기와 같이 뿜어지는 물이 바로 고래의 분수다. 향유고래의 분수는 약 5~8m 높이로 솟구치며, 돌고래는 그보다 조금 낮은 3~4m 정도.

133

남자 색맹은 여자의 20배
색맹은 빨강·초록·파랑
중 하나 혹은 그 이상을 가
려내지 못하는 현상이다. 사
람이 색깔을 구분하는 건 망
막에 원추 모양으로 분포된
3종류의 시세포 덕분. 빛의
특정 파장을 집중적으로 흡
수하는 그 시세포들 중 특정
세포에 결함이 있으면 해당
색깔을 구분하지 못하는 색
맹이 된다. 색맹은 남자가
여자보다 20배나 더 많은데
이는 유전학적 차이 때문.
남자는 부모 중 한 명에게서
만 색맹 유전자를 물려받아
도 색맹이 되지만 여자는 둘
모두에게서 물려받아야 색
맹이 된다.

쳤었다. 민물에 사는 고래가 세상에 어디 있느냐면서. 그런
데 정말로 고래가 제 눈앞에 나타났던 것이다.

입이 근질근질해진 노빈손은 자고 있는 마쿠나이마를 흔
들어 깨웠다. 하지만 마쿠나이마는 왠지 노빈손의 말을 믿
지 않는 눈치였다.

"너 지금 거짓말하는 거지?"

"정말이라니까. 분명히 내 눈으로 똑똑히 봤단 말야."

"좋아. 그럼 그 고래 색깔도 봤어?"

"당근이지. 내가 뭐 색맹인 줄 아냐?"

"무슨 색이었는데?"

"분홍색."

반쯤 누워 있던 마쿠나이마는 놀란 표정으로 벌떡 몸을

일으켰다. 그리고는 뭔가 심각한 얼굴로 고개를 갸웃거렸다. 노빈손은 갑자기 심통이 나서 뾰루퉁한 표정으로 쏘아붙였다.

"대체 왜 그래? 나는 고래를 보면 안 된다는 법이라도 있어? 고래가 인디오들 눈에만 띄어야 한다는 법이라도 있냐구."

"있어."

"뭐?"

"아마존엔 그런 법이 있단 말야."

말문이 막힌 노빈손은 황당한 표정을 지으며 입을 다물었다. 그런 법이 있다는 데야 도무지 대꾸할 말을 찾을 수가 없었던 것이다. 마쿠나이마는 약간 미안한 표정으로 노빈손에게 분홍빛 돌고래의 전설에 대해 털어놓기 시작했다.

"분홍 돌고래는 인디오들이 수호신으로 여기는 아마존의 영물이야. 아마존에 살고 있는 수많은 동물들 중에서 제일 오래되고 제일 신령스러운 게 바로 그 돌고래거든. 여기에선 어느 누구도 감히 그 돌고래를 잡거나 죽이지 않아."

"어째서?"

"전설에 의하면 분홍 돌고래는 1년에 한 번 사람으로 변해서 인디오들의 마을로 찾아와 아름다운 여인과 사랑을 하고 아이를 낳게 한대. 그러니까 돌고래를 죽이는 건 결국

정글을 누비는 영험스런 동물들
원시종교의 전통을 간직하고 있는 아마존 인디오들은 정글의 질서가 신비하고 영험스런 동물들에 의해 좌우된다고 믿는다. 분홍 돌고래 외에 인디오들이 영물로 여기고 숭배하는 대표적인 동물은 검은 재규어. 돌고래가 강의 수호신이라면 검은 재규어는 어둠의 제왕이다. 5백V의 전류를 방출하는 전기뱀장어 '므리칵'도 아마존의 영물이며, 카야포족 인디오들은 낚시를 나가더라도 므리칵의 영토 근처에는 아예 얼씬도 하지 않는다.

강과 함께 흐르는 인디오의
전설
인디오의 전설은 창세기에
서 시작된다. 해도 달도 없
던 태초에 세상엔 바다가 있
었고, 그것은 앞으로 생겨날
모든 것들의 영혼이었다고
한다. 인간의 발 밑 지하세
계에는 탄생 이후 무한대로
몸이 자라 결국 땅 밑으로
가라앉은 '아웨나'라는 소녀
가 있는데, 그녀가 몸을 움
직이면 세계는 산산조각이
나고 만다. 아웨나의 동생은
연못 속에 들어갔다가 인어
로 변했고, 그녀로부터 아마
존의 수많은 물고기들이 생
겨났다. 물고기들의 어머니
인 그 인어의 이름은 '베네
테나베'다.

제 조상을 죽이는 거나 마찬가지가 되는 거지."

"하지만 그건 그냥 전설일 뿐이잖아."

"그렇지 않아. 인디오들은 그 전설을 매우 소중하게 생
각한다구. 인디오 고아들 중엔 정말로 돌고래를 제 아버지
로 여기는 사람까지 있을 정도야."

"그래도……."

노빈손은 입을 다물었다. 돌고래의 전설을 믿는 마쿠나
이마와 굳이 말다툼을 할 필요는 없을 것 같았기 때문이다.
대신 그는 아까부터 궁금했던 것을 마쿠나이마에게 묻기로
했다.

"근데 내가 돌고래를 봤다는데 안 믿은 이유는 뭐야?"

"그것도 전설 때문이야."

"무슨 전설?"

"아마존 돌고래는 자기를 섬기지 않는 사람들의 눈에는
절대 나타나지 않아. 전설을 믿는 인니오들에게만 아주 잠
깐씩 모습을 드러낸다는 거야. 사실은 나도 아직 한 번도
못 봤다구. 근데 넌 돌고래를 섬기기는커녕 그게 아마존에
존재한다는 사실조차 모르고 있었잖아."

"하지만 난 분명히 봤단 말야."

"그러니까 이상하다는 거야. 돌고래가 왜 네 눈앞에 나
타났을까?"

마쿠나이마는 다시 한 번 고개를 크게 갸웃거렸다.

136

분홍 돌고래를 통해서 보는 지구의 역사

분홍 돌고래는 숱한 민화와 전설의 주인공으로 등장하는 아마존의 영물이다. 몸길이는 약 3m 정도이며 2분마다 한 번씩 숨을 쉬기 위해 물 위로 올라온다. 앞을 못 보는 분홍 돌고래는 대신 초음파를 이용해서 먹이와 장애물의 위치를 감지하는 능력이 있다.

이 돌고래는 왜 친척들과 헤어져 민물에서 살게 되었을까? 정답은 지구의 역사에 있다. 분홍 돌고래는 아마존에서 가장 오래된 동물답게 까마득한 옛날의 사건들을 몸소 증명하고 있는 것이다. 다음은 분홍 돌고래를 통해 간추려 본 지구의 역사다.

(1) 아주 옛날에는 지구의 땅덩어리가 지금처럼 여러 조각으로 흩어지지 않고 서로 붙어 있었다. 그런데 어느 날 거대한 지각변동에 의해 땅이 갈라지면서 대륙이 분리되어 5대양 6대주가 생겨났다.

(2) 아프리카와 헤어진 남아메리카의 동쪽은 대서양이 되고 서쪽은 태평양이 되었다. 아프리카를 보낼 때 생긴 커다란 만으로 대서양 물이 흘러들었고, 그 물은 내륙을 관통하여 태평양으로 흘러나갔다. 바다에 살던 돌고래들(분홍 돌고래의 조상들) 역시 대서양과 태평양을 마음대로 오가면서 행복하게 살았다.

(3) 그런데 또 어느 날, 다시 지각변동이 일어나면서 대서양쪽 입구가 닫혀 버렸다. 그리고 태평양 쪽 출구에는 안데스 산맥이 불쑥 솟아올랐다. 그리하여 남아메리카에는 좌우가 모두 막힌 내륙 바다가 생겨났고, 돌고래들 역시 오갈데 없는 신세가 되어 그 속에

갇혀 버렸다.

(4) 산에서 흘러내린 민물이 내륙바다에 섞이기 시작했고, 그 짬뽕물은 차츰 동쪽으로 흐르기 시작했다. 안데스가 솟으면서 대륙의 동쪽이 서쪽에 비해 높이가 낮아졌기 때문이다. 그리하여 안데스에서 대서양으로 이어지는 긴 물줄기가 생겨났으니, 바로 그게 아마존 강의 기원이다.

(5) 민물의 습격을 받은 돌고래들은 서서히 그 환경에 적응하여 마침내 짠물이 아닌 곳에서도 살아갈 수 있게 되었다. 이상이 아마존 분홍 돌고래의 집안 내력이다.

분홍 돌고래는 일반 돌고래들에 비해 목부분의 척추뼈가 훨씬 유연하다. 장애물이 많고 굴곡이 심한 강에서 살다 보니 자연스럽게 그런 능력을 터득하게 된 것이다. 유전자 한 귀퉁이에 바다에 대한 향수가 아직 남아 있을지도 모르지만 따지고 보면 손해 본 건 없다. 민물로 이사온 덕분에 모든 인디오들의 우러름을 받게 되었으니까.

마쿠나이마는 하루종일 말이 없었다. 돌고래가 노빈손의 눈앞에 나타난 이유를 계속 골똘히 생각하는 듯했다. 노빈손은 그의 생각을 방해하지 않기 위해 일부러 말을 걸지 않고 그냥 내버려두고 있었다.

"생각해 봤는데, 돌고래가 너한테 나타난 건……."

마침내 마쿠나이마가 입을 열었다. 노빈손은 그가 과연 무슨 말을 할지 궁금했지만 짐짓 태연한 표정으로 고개를 끄덕여 보였다. 그래, 나한테는 별 거 아니지만 마쿠나이마에게는 굉장히 중요한 일일 수도 있지. 무슨 말이든 그냥 들어주자 하는 그런 심정이었다.

"내 생각엔 돌고래가 널 아마존의 가족으로 받아들인 거 같애."

"뭐라구?"

전혀 뜻밖이었다. 노빈손은 자기가 돌고래를 발견한 것에 대해 마쿠나이마가 은근히 질투를 느끼고 있다고 생각했던 것이다. 하지만 마쿠나이마는 노빈손의 예상과는 전혀 다른 말을 하고 있었다.

"내가 전에 말했잖아. 넌 자연의 소중함을 알고 있는 거 같다고. 돌고래도 그걸 인정한 거야. 니가 아마존을 사랑하고 아마존의 상처에 대해 가슴 아파한다는 걸. 아마존의 수호신인 돌고래가 그런 너를 한식구로 받아들이는 건 당연한 일이잖아?"

인디오의 정글 사랑법
인디오들에겐 대대로 전해지는 많은 원칙들이 있다. 아튜알라족은 카누를 만들기 위해 나무를 베고 나면 반드시 똑같은 나무를 심는다. 그래야 생태계가 동요 없이 예전처럼 유지될 수 있기 때문. 벌목을 하고 나서 10년 안에 쑥쑥 자라는 외래종을 심어 생태계의 질서를 교란시키는 백인들과는 근본적으로 다른 사고방식이다. 투카노족은 빠지아 지역에서의 농사를 금지하고 있는데, 그건 빠지아를 경작할 경우 우기 때의 생태계가 망가지기 때문이다. 인디오의 농업과 사냥은 언제나 정글의 피해를 최소화시키는 선에서만 이루어지며, 환경 운동가들은 그들을 '자연의 가장 좋은 친구들'이라고 부른다.

국경을 뛰어넘는 아마존 보호운동

지구의 허파 아마존을 지키려는 노력은 이제 그 지역 국가들만이 아닌 전세계적 차원으로 확대되고 있다. 8개의 인공위성과 20개의 레이더 장치가 동원된 '시밤(SIVAM)', 즉 아마존 환경감시계획에는 이미 세계 각국의 1600여 개 연구소가 참여를 신청한 상태. 열정적이고 전투적인 환경보호 활동으로 유명한 그린피스, 세계 최대의 환경 NGO(민간단체)인 세계자연보호기금(WWF), 열대우림 보호를 위한 행동 네트워크(RAN) 등 지구촌 곳곳의 환경단체들도 아마존에 그 어떤 지역보다 많은 관심과 애정을 기울인다.

"……."

노빈손은 갑자기 코끝이 찡해졌다. 마쿠나이마가 하루종일 고민한 끝에 이런 결론을 내리는 동안 난 대체 무슨 생각을 하고 있었던가. 허무맹랑한 전설을 믿는다고 비웃고, 그러면서도 혼자만 마음이 넓은 척하고…… 세상에 이런 부끄러운 친구가 또 어디 있을까.

"아니야. 난 아마존의 가족이 되기엔 아직……."

"무슨 소리. 아마존 수호신의 눈은 정확해. 넌 이제 아마존의 가족이야. 비록 우리와 고향도 색깔도 다르지만 그런 게 뭐가 중요하겠어? 대자연을 사랑하고 우러러볼 줄만 알면 누구든지 가족이 될 수 있는 거야. 왜냐하면……."

"왜냐하면?"

"우린 서로의 마음을 이해하고, 슬픔을 대신 짊어지고 싶어하니까."

노빈손은 대답 내신 마쿠나이마의 손을 가만히 잡았다. 억세고 꺼칠한 손바닥에서 따뜻한 체온이 전해져 오는 게 느껴졌다. 가슴속이 왠지 저릿저릿해졌다.

노빈손의 감동을 전해 받은 것일까. 마쿠나이마가 팔뚝에 힘줄이 불끈 솟아날 정도로 힘을 주며 노빈손의 손을 꽉 움켜쥐었다. 순간, 노빈손이 얼굴을 일그러뜨리며 큰 소리로 비명을 질렀다.

"아얏!"

4

아마존의 소녀 모질라네

"그게 정말이야?"

"분명히 봤단 말야. 사자처럼 황금색 갈기를 지닌 원숭이 두 마리가……."

마쿠나이마는 벌떡 일어나 노빈손이 오줌을 누던 나무 밑으로 달려갔다. 그러더니 한참 만에 실망한 표정으로 다시 돌아왔다. 원숭이를 찾으려다 실패한 모양이었다.

"왜 그래? 그게 무슨 원숭이길래?"

"황금사자 타마린. 틀림없이 그 녀석들이야. 오직 아마존에만 있는, 세상에서 제일 아름다운 원숭이지."

아마존의 보물, 황금사자 타마린

다람쥐처럼 자그마한 체구를 지닌 황금사자 타마린 원숭이는 '세상에서 가장 아름다운 원숭이'로 불리는 아마존의 보물이다. 다리는 고구마색, 이마는 밝은 노랑, 가슴과 배는 옥수수 수염 같은 황갈색이며 얼굴에는 황금색의 찬란한 갈기가 사자처럼 나 있다. 16세기에 마젤란의 세계일주에 따라나섰던 한 선교사가 '작은 사자와 비슷한 유인원류의 고양이'라고 말한 뒤부터 황금사자 타마린(골든라이언 타마린)이라는 이름이 붙었다고 한다.

"근데 그게 그렇게 중요한 동물이야?"

"녀석들은 지금 거의 멸종 직전이야. 애완용으로 팔아넘기려고 밀렵꾼들이 눈에 불을 켜고 찾아다닌다구."

순간, 어디선가 둥둥 북소리 같은 것이 들려왔다. 지난번에 들은 적이 있는 보라쿠타크 나무 소리였다. 노빈손의 얼굴이 순식간에 얼음처럼 하얗게 변했다.

"다베라족이다!"

마쿠나이마 역시 긴장한 눈빛으로 주변을 둘러보았다. 소리의 크기로 보아 꽤 가까운 곳에서 신호를 보내고 있는 듯했다.

"빨리 도망가자. 또 잡히면 이번엔 정말로 통구이가 될지도 몰라."

"안 돼."

마쿠나이마가 단호한 표정으로 대답했다.

"황금사자 디마린을 구해야 돼."

바스락—.

원숭이를 찾아 정글 속을 헤매던 마쿠나이마의 귀에 미세한 인기척이 들려왔다. 누군가가 나뭇잎을 밟으며 이쪽으로 걸어오고 있었다. 엉겁결에 땅에 납작 엎드린 노빈손이 불안한 표정으로 눈을 꿈벅거렸다.

잠시 후, 웬 소녀 하나가 나무 사이로 비죽이 고개를 내밀었다. 작고 통통한 체격에 얼굴이 주근깨로 뒤덮인 곱슬머리 소녀였다.

"허거걱!"

노빈손이 갑자기 목에 사래가 들린 듯한 소리를 내며 슬금슬금 뒷걸음질을 쳤다. 소녀의 얼굴이 말숙이를 마치 판박이처럼 똑같이 빼닮았던 것이다. 고개를 까딱 숙여 인사를 하는 소녀의 입에서 뚝배기가 갈라지는 듯한 탁한 목소리가 흘러나왔다.

"안녕하세요?"

"으으, 목소리까지 똑같애."

노빈손은 여전히 사색이었다. 마쿠나이마가 노빈손을 대신하여 소녀에게 말을 건넸다.

"안녕, 넌 누구지?"

"난 모질라네예요. 아빠를 찾아왔다가 잠시 길을 잃었어요."

"저런. 아빠가 어디 계시는데?"

"이 근처에서 사냥을 하고 있어요. 울 아빤 유명한 사냥꾼이거든요."

"그래? 성함이 어떻게 되시는데?"

"단다니 모질라요. 다베라족의 대빵이죠."

띠웅ㅡ. 노빈손과 마쿠나이마의 얼굴 색깔이 동시에 변했다. 마쿠나이마는 파랗게 질렸고 노빈손의 얼굴은 완전히 똥색이었다. 천하에 둘도 없는 악당 모질라요의 딸을 하필이면 여기서 만날 줄이야.

"근데 오빠들은 누구예요? 이름이 뭐예요? 여긴 왜 왔죠?"

모질라네는 천진한 표정으로 마치 따발총을 쏘듯 한꺼번에 여러 가지를 물었다. 눈치없는 노빈손이 앞 뒤 가리지도 않고 불쑥 말을 꺼냈다.

"난 노빈손, 애는 마쿠나이마. 우린 신탁의 비밀을 캐러 마나우스로……."

"신탁? 그게 뭔데요?"

그러자 마쿠나이마가 노빈손의 팔을 세게 꼬집으며 어색한 표정으로 대답했다.

"신탁이 아니라 식탁이야. 애가 혀가 좀 짧거든."

"마나우스에 뭘 캐러 간다면서요?"

"으응, 그건 저…… 마나우스에 가면 식탁용 나무들이 많다길래…… 그거 캐러……."

"그런 건 아빠한테 말하면 되는데. 울 아빤 나무도 잘 베거든요."

"아냐 아냐, 괜찮아. 그냥 우리가 캘게."

"그래요, 그럼. 난 아빠 찾으러 갈게요."

그러더니 모질라네는 갑자기 노빈손을 향해 은근한 눈빛을 보내며 다정한 목소리로 말했다.

"빈손 오빠 넘 멋있어요. 꼭 왕자님 같애. 담에 꼭 다시
만나요. 알았죠?"

"응? 그…… 그래."

모질라네는 기쁜 표정으로 손을 흔든 뒤 정글 속으로 출
랑거리며 사라졌다. 노빈손은 그제서야 한숨을 내쉬며 당
치도 않다는 듯이 중얼거렸다.

"내가 미쳤냐? 널 만나게. 말숙이 하나만으로도 인생이
고달픈데."

"지금 그게 문제가 아냐. 모질라네가 모질라요한테 우리
얘길 하기 전에 빨리 황금사자 타마린을 찾아야 된다구."

마쿠나이마가 초조한 표정으로 다시 정글 속을 헤매기
시작했다.

또다시 만난 다베라족

황금사자 타마린을 발견한 건 해가 뉘엿뉘엿 넘어갈 무
렵이었다. 녀석들은 높다란 나뭇가지 위에 나란히 걸터앉
아 정글의 석양을 구경하고 있었다. 다행히도 다베라족의
악당들에겐 아직 발견되지 않은 듯했다.

마쿠나이마는 나무 위로 살금살금 올라가 녀석들에게 접

근하려 했다. 하지만 원숭이들은 이 나무 저 나무로 옮겨다니며 잡힐 듯 잡힐 듯 애를 태웠다. 답답해진 노빈손이 고릴라처럼 주먹으로 가슴을 쾅쾅 두드려댔다.

"몽키들아. 제발 좀 잡혀 줘. 우린 니네 편이란 말야."

순간, 나무 위에 있던 마쿠나이마가 갑자기 흠칫하며 몸을 웅크렸다. 저만치 앞에서 다베라족의 악당들이 다가오는 게 보였기 때문이다. 놈들이 기어이 황금사자 타마린 원숭이들을 발견한 모양이었다. 하지만 원숭이들과 좀 떨어져 있던 마쿠나이마는 다행히 아직 놈들의 눈에 띄지 않은 듯했다.

"이놈들아, 조용히 해. 달아나면 어두워서 못 찾는단 말야."

모질라요의 음산한 목소리를 들은 노빈손은 기겁을 하며 나무 뒤에 납작 엎드렸다. 발자국 소리가 점점 가까워지더니 하필이면 노빈손이 숨어 있는 나무 바로 앞에서 멎었다. 노빈손은 숨도 크게 쉬지 못한 채 머리를 싸매고 부들부들 떨기 시작했다. 통구이가 된 자기의 모습이 악몽처럼 머릿속에 떠오르고 있었다.

"쏠까요, 형님?"

"멍청아. 그건 진짜 총알이잖아. 저 비싼 원숭이를 죽일 생각이냐?"

"그럼 쏘지 말까요, 형님?"

"마취총을 쏴, 마취총을. 그래야 사로잡을 거 아냐."

"알겠습니다요, 형님."

모질라요의 부하 두 명이 황금사자 타마린을 한 마리씩 겨누었다. 원숭이들은 아무런 낌새도 느끼지 못한 채 마냥 평화로운 표정으로 서로의 털을 골라주고 있었다. 아마존의 보물인 황금사자 타마린이 악당들에게 꼼짝없이 사로잡힐 판이었다.

악당들의 대화를 엿들은 노빈손이 문득 뭔가 결심한 듯 비장한 표정을 지었다. 마쿠나이마 역시 나무 위에서 주먹을 불끈 쥔 채 호흡을 가다듬고 있었다. 서로 상의를 할 수도 없고 신호를 보낼 수도 없었지만 둘은 지금 똑같은 생각을 하고 있는 중이었다.

"탕탕—."

두 발의 총소리가 정글을 요란하게 뒤흔들었다. 그와 동시에 나무 밑에서는 노빈손이, 그리고 나무 위에서는 마쿠나이마가 번개처럼 몸을 날렸다.

"우당탕— 으윽— 쿵!"

누군가 넘어져 뒹구는 소리와 괴로운 신음소리와 뭔가 떨어지는 소리가 차례로 들려왔다. 놀란 새떼들이 하늘로 푸드득 날아올랐다.

"뭐야! 어떻게 된 거야"

"모르겠습니다요, 형님."

사람은 서울로, 말은 제주도로, 황금사자는 아마존으로. 황금사자 타마린이 멸종 위기에 놓였다는 소식이 알려지자 전세계의 동물 애호가들과 환경운동가들이 아마존의 보물 살리기에 발벗고 나섰다. 동물원에서 타마린을 번식시킨 다음 야생으로 돌려보낸다는 '타마린 보존 계획'이 바로 그것. 지금까지 약 1백여 마리의 황금사자 타마린이 정글로 보내졌으며 그 중 30%가 환경 적응에 성공해 살아남았다고 한다. 브라질 국립공원에는 전세계 동물원에 흩어진 황금사자 타마린 4백여 마리의 결혼상태와 자손을 연대별로 기록해 둔 '원숭이 족보'가 있다.

잠깐 퀴즈 : 포수와 원숭이
악당이 총을 쏘는 것과 동시
에 황금사자 타마린이 밑으
로 뛰어내렸다고 하자. 총구
가 원숭이의 이마를 겨냥하
고 있었다면 총알은 빗나갈
까 아니면 원숭이에게 맞을
까? "당연히 빗나간다. 총알
이 원숭이 머리 위로 지나갈
테니까"라고 말하는 사람은
중력에 대해 공부를 더 해야
한다. 총알은 처음에 겨냥했
던 위치에 정확히 맞는다.
총알이건 대포알이건 지구
상의 모든 물체는 중력에 의
해 밑으로 떨어지게 되어 있
고, 그 낙하 거리는 원숭이
가 낙하하는 거리와 정확히
일치한다. 같은 시간 동안
낙하하는 거리는 어떤 물체
든 다 똑같다는 뜻. 대포알
과 달리 총알은 직선으로 날
아가는 것 같지만 사실은 아
주 미세하나마 포물선을 그
리며 날아간다.

"이익, 빌어먹을……."

모질라요는 침을 펑펑 튀겨가며 욕설을 퍼부어댔다. 그는 조금 전에 대체 무슨 일이 일어났는지를 아직 제대로 파악하지 못하고 있었다. 분명한 건 누군가의 방해로 인해 일이 틀어졌다는 것뿐이었다.

두 발의 총알 중 한 발은 나무 뒤에서 튀어나온 노빈손이 총잡이를 덮치는 바람에 빗나가 버렸다. 또 한 발은 몸을 날려 원숭이들을 가린 마쿠나이마의 어깻죽지에 박혀 버렸다. 그 사이 황금사자 타마린은 재빨리 나뭇가지를 떠나 정글 속 깊은 곳으로 사라졌다. 맨 마지막에 들린 쿵소리는 마취총을 맞은 마쿠나이마가 나무 밑으로 떨어지는 소리였다.

"천하의 악당들 같으니라구. 저 비싼 원숭이들을 또 놓치게 만들다니……."

모질라요는 주먹을 부르르 떨며 노빈손에게 다가왔다. 몇 가닥 안 되는 노빈손의 머리카락을 우악스럽게 움켜쥐고 위로 확 당기던 모질라요가 갑자기 멈칫하더니 끙 하고 신음소리를 냈다. 그리고는 눈을 무섭게 부라리며 저승사자 같은 목소리로 말했다.

"또 너냐?"

수수께끼 대결 2차전

장작은 맹렬한 기세로 활활 타올랐다. 노빈손이 눈물 콧물을 쏟아가며 통사정을 했지만 모질라요는 내내 콧방귀만 뀌어댔다. 마쿠나이마는 아직도 마취가 채 풀리지 않았는지 몽롱한 표정으로 땅바닥에 길게 누워 있었다.

"다베라족은 약속에 죽고 약속에 산다. 지난번에 약속한 대로 네놈들을 통째로 구워 버릴 테다, 우캬캬캬—."

모질라요가 예전보다 한층 더 징그러워진 웃음소리를 내며 노빈손을 쿡쿡 쥐어박았다. 아무래도 이번에는 도저히 풀려날 가능성이 없을 것 같았다. 행운의 여신이 그들을 도와준다면 또 모르겠지만.

그때였다. 행운의 여신과는 한참 거리가 멀게 생긴 모질라네가 하얗게 질린 얼굴로 주춤주춤 다가왔다. 단추 구멍 같은 모질라네의 실눈에는 눈물이 그렁그렁 맺혀 있었다.

"아빠."

"왜 그러니, 모질라네?"

모질라요는 뜻밖에도 자상한 목소리로 딸의 이름을 불렀다. 고슴도치도 제 새끼만은 귀여워한다더니만 악당에게도 역시 자식은 소중한 모양이었다.

"부탁이 있어요. 빈손 오빠를 살려주세요."

"뭐라구? 그건 안 돼! 저 녀석은 천하에 둘도 없는 악당이란 말야."

"아니에요. 그럴 리 없어요. 아까 내가 길을 잃고 헤매다가 독사한테 물릴 뻔했는데 빈손 오빠가 구해 줬단 말이에요."

모질라요는 믿을 수 없다는 듯 딸과 노빈손을 번갈아 쳐다보았다. 설마 저런 악당이 그런 착한 일을 했을 리가 있겠느냐는 듯한 표정이었다. 모질라네가 계속 애원의 눈빛을 보내자 모질라요는 노빈손을 돌아보며 퉁명스럽게 물었다.

"정말이냐?"

노빈손은 고민에 빠졌다.

'정말이라고 대답하면 거짓말쟁이가 되고, 거짓말이라고 대답하면 목숨이 위태롭고…… 하지만 놈은 날 믿지 않으니까 내가 거짓말이라고 대답하면 그걸 거짓말이라고 여겨서 결국 모질라네의 말이 정말이라고 믿을지도 모르고…… 으으, 대체 이럴 때는 뭐라고 대답해야 되는 거야?'

모질라요가 제 말을 의심한다는 걸 눈치챈 모질라네는 결국 비장의 무기를 동원했다. 아마존강이 넘칠 정도로 눈물을 펑펑 쏟으며 칭얼대기 시작했던 것이다.

"흑흑, 너무해요. 그깟 원숭이가 딸의 목숨보다 더 중요해요? 그럼 나 대신 원숭이나 키우면서 사세요, 으아앙—."

모질라요는 아무리 달래도 딸이 울음을 그치지 않자 결국 길게 한숨을 내쉬었다. 그러더니 고개를 끄덕이며 말했다.

"좋아, 네 부탁을 들어주겠다. 단, 조건이 있어."

"뭔데요?"

"내가 내는 수수께끼를 저놈이 맞춰야 돼. 그럼 눈 딱 감고 풀어주마. 시간은 낼 아침까지야."

노빈손과 모질라요의 수수께끼 2차전은 이렇게 해서 시작되었다.

"치사한 놈. 차라리 그냥 통구이를 만들어 버릴 것이지."

노빈손은 밤새 머리를 싸매고 새알을 노려보았다. 하지만 아무리 고민해도 도무지 이번만은 해결의 실마리를 찾을 수 없었다. 그러는 사이에 시간은 점점 흘러갔고, 어둡던 하늘이 어느새 뿌옇게 밝아 오고 있었다.

모질라요가 낸 수수께끼는 이번에도 새알을 이용한 것이었다. 삶아서 껍질을 벗겨낸 새알을 호리병 속에 아무런 흠집 없이 집어넣으라는 게 그의 주문이었다.

호리병은 아래는 넓었지만 주둥이는 새알보다 크기가 작았다. 삼분의 일쯤 들어가다가 걸려 버린 새알은 아무리 밀어넣으려 해도 더 이상은 들어가지 않았다. 만일 억지로 밀어넣다간 부드러운 흰자위가 뭉개질 게 분명했다.

계란 껍질에 대한 더 짧은 상식

껍질로 덮여 있는 계란 속의 병아리는 어떻게 숨을 쉴까? 물론 구멍을 통해서 쉰다. 주성분이 칼슘인 새알의 껍질에는 눈에 보이지 않는 작은 구멍들이 무수하게 뚫려 있기 때문이다. 하지만 공기는 드나들어도 세균은 드나들지 못하는데 그건 구멍에 덧씌워진 단백질이 세균의 출입을 원천봉쇄하기 때문. 그 단백질은 세균뿐만 아니라 물도 통과시키지 않기 때문에 알 속의 수분은 단 한 방울도 밖으로 증발하지 않는다.

151

"나쁜 놈! 해삼! 멍게! 말미잘! 짚신벌레! 쥐며느리!"

노빈손은 자기가 싫어하는 것들을 죄다 동원해 가며 욕설을 퍼부었다. 옆에 누워 있던 마쿠나이마가 힘겹게 몸을 뒤척이며 노빈손을 올려다보았다. 생기없이 풀려 있는 그의 눈빛을 보며 노빈손은 문득 마쿠나이마가 자기를 아나콘다로부터 구해 주던 순간을 떠올렸다.

"아나콘다는 제 입보다 훨씬 큰 동물도 한입에 삼켜 버린다는데…… 저 멍청한 호리병은 왜 새알 하나도 빨아들이지 못하는 걸까."

이 대목에서 갑자기 노빈손의 눈동자가 반짝 빛났다. 일단 이런 눈빛을 보이고 나면 노빈손은 언제나 셜록홈즈가 되거나 아니면 맥가이버가 된다. 아니나 다를까. 노빈손의 입이 오랜만에 귀까지 길게 찢어지기 시작했다.

"우하하하— 바로 고것이여. 고것이라니께."

노빈손은 사투리까지 걸쭉하게 써가며 호탕하게 웃어댔다. 그리고 마른 풀을 뜯어다가 꽉꽉 뭉친 다음 주변을 휘휘 둘러보았다. 악당들이 아무렇게나 버려 놓은 술병들이 곳곳에 굴러다니고 있었다.

노빈손은 그 중 냄새가 제일 독한 술병을 골라 그 속에 남아 있던 술로 풀뭉치를 적셨다. 그리고 축축해진 풀뭉치에 불을 붙인 다음 호리병 속에 넣었다. 알코올기를 머금은 풀뭉치는 파란 불꽃을 피워올리며 타오르기 시작했다.

"호리병이 새알을 못 빨아들이면 빨아들일 수 있게 바꾸면 되는 거지. 세상에 날 때부터 쭉쭉 빨아들이는 호리병도 있다더냐."

마쿠나이마는 노빈손이 대체 무슨 짓을 하고 있는지 모르겠다는 듯한 표정으로 멍하니 그를 올려다보았다. 혼자서 계속 뭐라고 뭐라고 중얼거리는 폼이 아무래도 심상치 않았다. 혹시 너무 머리를 굴리다가 약간 이상해진 거 아냐?

한동안 타오르던 풀뭉치의 불꽃이 차츰 사그러들다가 마

침내 꺼졌다. 노빈손은 재빨리 새알을 집어 호리병의 주둥이 위에 올려놓았다. 그리고는 합장하듯 두 손을 모으고 앉아 조용히 주문을 외우기 시작했다.

"한요가누가마태마 한요가누가마태마……."

"?"

마쿠나이마가 멍한 표정을 지으며 노빈손을 쳐다보았다. 대체 뭐라는 거야? 빠제 할아버지 흉내 내는 것도 아니고……. 하지만 노빈손은 뭔가 물어볼 틈도 주지 않고 계속해서 야릇한 주문을 외워대고 있었다.

"다밀라바야반하마 다밀라바야반하마……."

"?"

"다이나비다이나비…… 호잇!"

"우얏!"

마쿠나이마는 제 눈을 의심했다. 새알이 마치 살아 있는 것처럼 천천히 밑으로 움직이고 있었던 것이다. 말수이가 좁은 청바지에 굵은 다리를 억지로 밀어넣듯, 불룩한 새알이 좁은 주둥이 속으로 꾸역꾸역 미끄러져 들어갔다. 무인도의 과학소년 노빈손이 아마존에서 재현해 낸 위대한 과학의 승리였다.

노빈손 따라잡기 2 : 기압

기압은 말 그대로 공기의 압력. 지구의 중력이 공기를 끌어 당기는 힘 때문에 발생하는 것으로, 한 마디로 '공기의 무게' 라고 할 수 있다.

기압에 대해 최초로 연구한 사람은 프랑스의 과학자 파스칼 이다. 그는 1642년에 기압계를 발명했으며, 높은 곳으로 올라갈수록 공기의 양이 줄어 기압이 낮아진다는 사실을 발견했다. 오늘날 기압 의 단위를 파스칼(Pa)로 표시하는 건 그의 공적을 기리기 위함이다. 지구 표면에서의 기압은 약 10만 파스칼이며 이를 보통 '1기압' 이 라고 한다.

10만 파스칼은 코끼리 두 마리의 무게에 해당하는 엄청난 압력이다. 그런데도 우리가 찌그러지지 않고 멀쩡하게 살 수 있는 것은 우리 몸 속에 있는 공기 역시 똑같은 압력을 지니고 있기 때 문. 밖에서 누르는 힘과 안에서 밀어내는 힘이 평형을 이루기 때문 에 전혀 압력을 느끼지 못한 채 살고 있는 것이다. 풍선을 불었을 때 그 형태가 계속 유지되는 것 역시 풍선 안팎의 기압이 평형상태 를 유지하기 때문에 가능한 일이다.

등산을 하거나 차를 타고 높은 곳에 올라가면 몸 안과 밖의 압력 차이가 고막에 영향을 미쳐 귀가 멍멍해지는 현상이 일어난다. 풍선을 하늘로 날렸을 때 점점 부풀어 오르다가 터져 버리는 것도 안에서 밀어내는 압력이 밖에서 누르는 힘보다 강해지기 때문이다.

비행기 안에는 지상과 같은 기압을 유지하도록 조절하는 장치가 있다. 만일 그런 장치가 없다면 승객들의 몸은 마치 최진실이 강호동으로 변하는 것처럼 빵빵하게 부풀어 오를 것이다. 그러다가 고도가 계속 높아지면 결국은 풍선처럼 빵빵 터져 버릴 것이다. 임오근 아저씨처럼 얼굴이 두꺼운 사람들은 좀 오래 버틸지도 모르겠지만.

노빈손이 부린 마술의 비밀

노빈손은 어떻게 새알을 호리병 안으로 밀어넣었을까? 비결은 간단하다. 병 속에서 풀이나 솜뭉치 등을 태우면 산소가 줄어들기 때문에 기압도 그만큼 낮아진다. 그때 새알을 병 위에 올리면 병 밖에서 누르는 공기의 힘이 병 속에서 떠받치는 힘보다 더 강하기 때문에 새알이 밑으로 내려가게 되는 것이다. 풀뭉치에 술은 왜 부었느냐고? 그야 알코올을 묻혀서 태우면 그냥 태우는 것보다 조금이라도 더 오래 타니까.

다른 방법도 있다. 호리병에 물을 넣고 가열한 다음 계란을 올려놓고 찬물로 병을 식히면 병 속의 수증기가 액화되면서 거의 진공상태가 되기 때문에 기압이 낮아진다. 그 결과는 당연히 앞의 방법과 똑같이 나타난다. 〈사진제공 과학동아〉

모질라요는 호리병 속에 얌전하게 들어가 있는 새알을 보고 귀신에 홀린 듯한 표정을 지었다. 더 어려운 문제를 내지 못한 게 후회스러웠지만 약속은 약속이었다. 딸 앞에서의 체면을 생각해서라도 그는 노빈손과 마쿠나이마를 풀어줄 수밖에 없었다.

모질라네는 눈물을 펑펑 쏟으며 노빈손을 배웅했다. 헤어지기 싫어 매달리는 모질라네를 달래느라 노빈손은 한참 동안 진땀을 흘려야 했다.

간신히 모질라네를 떼어놓고 돌아선 노빈손은 문득 등이 따끔거리는 걸 느꼈다. 모질라네가 자기의 뒷모습을 뚫어지게 쳐다보고 있는 모양이었다. 에휴, 잘생긴 게 죄지……. 노빈손은 행여 모질라네가 들을세라 목소리를 최대한 낮춰가며 마쿠나이마에게 속삭였다.

"이상해."

"뭐가?"

"저렇게 생긴 여자들은 왜 하나같이 날 좋아하는 걸까?"

검게 그을린 죽음의 정글

어느덧 카누 여행이 막바지에 접어들고 있었다. 아마존

157

아마존의 나이는 1억 살
아마존 정글은 지구에서 가장 울창할 뿐만 아니라 가장 오래된 식물대이기도 하다. 다른 지역의 삼림이 보통 1만 년 안팎의 나이를 지닌 것과 달리 아마존 삼림의 나이는 무려 1억 년이 넘는다. 최소한 신생대의 제3기(6천 5백만 년 전) 이후에는 본질적인 변화가 없었던 것으로 추측된다.

본류로 이어지는 술리몽스 강에 들어서자 양쪽 강둑이 가물가물할 정도로 강폭이 넓어졌다. 이제 마나우스는 넘어지면 코는 안 닿아도 최소한 이마 정도는 닿을 거리에 있었다.

북쪽 기슭으로 노를 저어가던 노빈손은 문득 이상한 사실을 발견했다. 정글이 다른 곳에 비해 왠지 황폐해 보였던 것이다. 햇빛이 스미지 않을 정도로 울창했던 지금까지의 정글과 달리 이곳은 상당히 듬성듬성했고, 쓰러져 뒹구는 나무들도 곳곳에서 눈에 띄었다. 아예 허연 맨땅을 드러낸 곳까지 있을 정도였다.

"이상하네. 왜 여기만 이렇지? 설마 정글 한가운데 운동장을 만들 리도 없고."

"그러게. 전엔 이렇지 않았었는데."

강둑에 도착한 두 사람은 더욱 놀라운 사실을 발견했다. 몇백 년은 묵었을 듯한 거대한 나무들의 밑둥이 하나같이 시커멓게 불에 그을려 있었던 것이다. 손끝으로 살짝만 건드려도 당장에 썩은 수수깡처럼 넘어갈 것만 같은 애처로운 풍경이었다.

"이럴 수가…… 대체 얼마나 큰 불이 났길래."

참담한 표정으로 죽은 나무들을 쓰다듬던 마쿠나이마가 넋나간 사람처럼 힘없이 땅바닥에 주저앉았다.

상심에 잠긴 마쿠나이마는 다음날 아침까지도 좀처럼 입

을 열지 않았다. 그가 처음으로 입을 연 것은 강가에서 어느 늙은 인디오를 만난 뒤였다. 마치 기다리기라도 한 듯 달려가서 다짜고짜 이런 질문을 던졌던 것이다.

"누가 정글에 불을 지른 거죠? 대체 누가 그런 몹쓸 짓을 했냐구요."

인디오 노인은 짓무른 눈을 비비며 한동안 마쿠나이마를 바라보다가 문득 길게 한숨을 내쉬었다. 왜 그런 질문을 하는지 충분히 이해할 수 있다는 듯한 표정이었다. 마쿠나이마의 눈동자와 노인의 손이 약속이나 한 듯 가늘게 떨리고 있었다.

"얘야, 진정하거라. 일부러 불을 지른 사람은 아무도 없어. 아마존의 산불은 신이 내린 형벌이었을 뿐이란다."

"신이라구요? 대체 그게 무슨 말씀이세요?

노인은 콜록콜록 밭은기침을 하며 힘겹게 말을 이었다.

"난 페루에서 온 마마프네라고 한다. 바다에서 고기잡이를 하다가 가족들을 잃고 슬픔을 잊기 위해 4년 전에 이리로 왔지. 여기서 농사나 지으며 여생을 보낼 생각이었거든."

"······."

"그런데 하필 그 해에 아마존엔 끔찍한 가뭄이 찾아 왔어. 정글이 바짝바짝 타들어가고 죽어가는 사람들이 속출했지. 9월 한 달 동안 비가 내린 날이 겨우 하루뿐이었으니

기침은 왜 할까?
기침은 호흡기에 이물질이 들어오는 것을 막아주는 우리 몸의 방어작용이다. 기도 (숨관)나 폐에 해로운 자극이 있으면 그 물질을 밖으로 내보내기 위해 반사적으로 기침이 나오게 된다. 감기에 걸렸을 때 기침이 많이 나오는 것은 호흡기의 점막이 예민해져서 사소한 자극에도 반응을 보이기 때문. 밥을 먹다가 사래가 들렸을 때 나오는 기침은 기도로 들어간 음식물을 내뱉기 위한 수단이다.

얼마나 심한 가뭄이었는지는 너도 짐작이 갈 게다."

"맞아요…… 저도 기억이 나요."

"그래도 농부들은 어떻게든 경작을 해야만 했지. 너도 알다시피 9월말은 파종을 하는 시기였으니까. 그래서 늘 그랬던 것처럼 초원에 불을 질렀단다. 아마존은 토양이 기름지지 않기 때문에 농사를 지으려면 화전을 일구는 것 말고는 방법이 없거든."

노빈손은 갑자기 화가 벌컥 치밀어 올랐다. 그럼 결국 농부들이 정글을 불태웠다는 얘기 아닌가. 그래놓고 신의 형벌이니 뭐니 하면서 변명을 늘어놓다니……. 하지만 마마 프네는 노빈손의 눈초리에 아랑곳없이 조용한 목소리로 다시 말을 이었다.

"그렇다고 농부들을 나무라는 건 옳지 않아. 아마존은 1년 내내 거의 하루도 빠지지 않고 스콜이 쏟아지기 때문에 불을 질러도 크게 번지는 법이 없었거든 이곳의 농부들은 수백 년 간 그런 식으로 농사를 지어왔지만 정글은 언제나 울창하게 보존되어 왔단다. 마치 인디오들이 동물을 사냥해도 정글의 질서에 큰 해를 끼치지 않듯이 말이야. 생존을 위한 소규모의 화전이나 사냥은 신이 인간에게 허락한 최소한의 배려였던 거지."

"그럼 결국은…… 가뭄 때문에?"

"맞았어. 문제는 가뭄이었지. 매일매일 아마존을 적셔

주던 비가 갑자기 뚝 끊기는 바람에 불이 걷잡을 수 없이
번졌고, 결국은 엄청난 넓이의 정글을 태우고 말았던 거야.
9월에 치솟기 시작한 불길이 6개월 만인 이듬해 3월에야
꺼졌으니 피해가 오죽 컸을까. 검은 연기가 먹구름처럼 하
늘을 죄다 가리고……."

"어라?"

노빈손이 갑자기 소리를 지르는 바람에 노인의 말이 잠
시 끊겼다. 검은 연기가 구름처럼 하늘을 가려? 이거 어디
서 많이 듣던 얘기잖아……. 노빈손이 눈을 데구르르 굴리
며 생각에 잠길 때 마쿠나이마 역시 뭔가 깨달은 듯 눈을
크게 부릅떴다. 똑같은 외침이 누가 먼저랄 것도 없이 동시
에 터져나왔다.

"신탁!"

"신탁이다!!"

스콜은 아마존의 생명수
아마존의 강과 정글에서는
매일매일 엄청난 양의 수분
이 증발된다. 증발된 수분은
구름을 만들고, 구름은 비를
만들고, 그 비는 다시 고향
인 아마존으로 내려온다. 아
마존에 하루 한 차례씩 강한
스콜이 쏟아지는 것은 이 때
문이다. 건기가 되면 강우량
은 줄어들지만 스콜 자체가
중단되지는 않는다. 강과 정
글이 제 스스로 만들어내는
스콜은 이를테면 아마존의
생명수라고 할 수 있다.
1997년에 발생한 가뭄과 산
불은 그 생명수가 끊겼기 때
문에 나타난 죽음의 재앙이
다.

마침내 깨달은 신탁의 의미

둘은 손을 맞잡은 채 마치 벌에 쏘인 사람처럼 펄쩍펄쩍
뛰었다. '어머니의 병' 이후 베일에 가려져 있던 신탁의 나
머지 구절들이 드디어 풀리기 시작한 것이다. 노빈손은 옆

에 누가 있다는 것도 잊고 황급히 신탁이 적혀 있는 두루마리를 꺼내들었다.

어머니의 허파가 오그라들고 체온이 치솟았도다…… 핏줄이 메마르고 살갗이 갈라졌도다…… 검은 구름이 피어올라 하늘을 가리었도다…… 찢긴 하늘의 틈새로 재앙이 스밀지어다…… 사내아이와 계집아이가 번갈아 나타나서 경고를 보낼지어다…….

"이거야, 검은 구름. 그건 바로 산불의 연기였어. 아까 할아버지가 그랬잖아. 검은 연기가 구름처럼 하늘을 가렸다고."

"그럼 이건 뭐지? 핏줄이 마르고 피부가 갈라졌다는 건?"

"바보야, 그거야 당연히 가뭄이지. 날이 가물면 강이 마르고 땅이 갈라지잖아. 지구가 어머니라면 강은 핏줄이고 땅은 피부가 되는 거야."

"우와, 맞다 맞어."

"하하, 그동안 골치 깨나 썩이더니 이렇게 한꺼번에 풀리려고 그랬구나."

노빈손과 마쿠나이마는 불타 버린 정글의 참혹함도 잠시 잊은 채 함박웃음을 머금었다. 5개의 구절 중 2개가 한꺼번에 풀린 것이다. 어머니의 허파까지 합치면 2개 반. 이제 꼭 절반을 해결한 셈이었다.

"근데 좀 이상해."

"뭐가?"

"지구에 정글이 여기만 있는 건 아니잖아. 아무리 아마존이 지구의 허파라고는 해도, 아마존 산불만으로 연기가 하늘을 덮었다는 건 좀 과장된 게 아닐까?"

"글쎄, 듣고 보니 또 그런 것 같기도 하네."

둘은 갑자기 시무룩해진 표정으로 두루마리를 멀뚱멀뚱 쳐다보았다. 저만치 물러났던 안개가 다시 밀려드는 듯한 기분이었다. 그때 마마프네가 조심스럽게 말을 꺼냈다.

"무슨 얘기들을 하는지는 모르겠지만, 산불이 아마존에서만 난 건 아니란다."

"예? 그럼요?"

노빈손과 마쿠나이마는 구세주라도 만난 것처럼 눈을 반짝이며 마마프네를 응시했다. 마마프네의 목소리는 여전히 낮고 차분했다.

"바다 건너편의 인도네시아엔 아마존에 버금갈 정도로 드넓은 정글이 있어. 난 배를 탔었기 때문에 그곳을 잘 알지. 들리는 얘기로는, 아마존이 불에 탈 때 그곳에도 역시 엄청난 산불이 일어났었다는구나."

"아!"

잿더미가 된 인도네시아 정글

인도네시아는 13,000여 개의 섬으로 이루어진 동남아시아 최대의 국가. 192만 Km²의 국토 중 2/3 이상이 울창한 정글이며, 아마존 및 아프리카와 더불어 세계의 3대 열대우림으로 꼽힌다. 아마존이 불길에 휩싸였던 1997년에 이곳에서도 극심한 가뭄으로 인한 산불이 발생했으며, 3만Km²의 정글을 태운 뒤 6개월 만에 꺼졌다. 당시 인도네시아 정부는 '국가 대재난'을 선포했고, 태국·싱가포르·필리핀·말레이시아 등 주변 나라들에서도 연무로 인한 피해가 잇따랐다. 수백 명이 죽고 수백만 명이 호흡기 질환에 시달린 끔찍한 재앙이었다.

"그렇다면……."

둘의 표정이 순식간에 다시 밝게 변했다. 아마존과 쌍벽을 이루는 정글에서 큰 불이 났다면 신탁의 내용은 절대 과장된 게 아니었기 때문이다. 노인은 바다를 누비던 젊은 시절이 그리운 듯 잠시 눈을 감고 있다가 다시 입을 열었다.

"내가 왜 산불을 신의 형벌이라고 했는지 알겠니?"

"아뇨."

"들어 보렴. 내가 페루를 떠나기 전에 그곳 바다에서는 이상한 일들이 자꾸만 일어났어. 늘 서늘하던 앞바다의 바닷물이 갑자기 더워지면서 엄청난 폭우가 쏟아졌고, 그 바람에 수없이 많은 사람들이 한꺼번에 죽어갔지."

"저런!"

"그런데 문제는 그런 일이 바다 건너편에서도 똑같이 일어났다는 거야. 더위에 폭우에 가뭄까지……. 온 세상의 기후가 한꺼번에 변덕을 부린 셈이지. 사람들은 그런 걸 가리켜서 엘니뇨라고 부르더구나."

"엘니뇨요?"

"발음이 희한하네요."

"일은 거기서 끝난 게 아니야. 좀 지나고 나니까 이번에는 또 바닷물이 그전보다 훨씬 차가워지기 시작했어. 그러더니 여기저기서 심각한 가뭄과 추위가 닥쳤다더구나. 사람들은 거기에 라니냐라는 이름을 붙였지."

"무슨 말들이 그렇게 어려워요? 엘니냐 라니뇨?"

"바보야, 거꾸로잖아."

"쩝, 그런가?"

노빈손은 입맛을 다시며 머리를 긁적였다. 마마프네의 얼굴에 처음으로 희미하게 웃음이 떠오르는 듯했다.

"그런 일들이 자꾸 일어나는 건 따지고 보면 다 인간들 때문이란다. 인간들이 자연을 멋대로 망가뜨리고 짓밟는 바람에 결국은 신이 노하신 거야."

"에이, 설마……."

"날씨는 그거랑은 상관없는 거 아니에요?"

"내가 뱃사람이었다고 했지? 난 큰 배를 타고 남극의 얼음세상에도 가봤어. 거긴 상상도 못할 정도로 어마어마한 얼음덩이들이 끝없이 펼쳐진 대륙이지. 그런데 요즘 그 얼음들이 조금씩 녹아내리고 있다더구나."

"왜요?"

"내가 듣기로는 세상의 공기가 더워져서 그렇다는데. 사람들이 시도 때도 없이 기름을 때고 가스를 내뿜고 독한 연기를 피워올리는 바람에……."

"스톱! 거기서 잠깐만요."

노빈손이 다시 고함을 지르며 마마프네의 말을 가로막았다. 파파팟―. 또다시 어떤 생각이 그의 뇌리를 번개처럼 스치고 지나간 것이다. 그것은 다름 아닌 신탁의 첫번째 구

남극의 얼음은 얼마나 될까? 남극 대륙의 면적은 한반도의 70배인 1,420만Km²이며 이 중 90%가 얼음이다. 빙상의 평균 두께는 약 2천m지만 아델리 해안에 있는 남극점의 얼음 두께는 무려 2,700m나 된다. 남극에 있는 얼음이 지구 전체 얼음에서 차지하는 비율은 약 90%. 남극 대륙을 뜻하는 영어 Antarctic은 '반대(Anti) + 북극(Arctic)'의 합성어. 즉, 북극의 반대편이라는 뜻이다.

무진장 더웠던 20세기

20세기는 지난 5백 년을 통틀어 가장 더웠던 시기다. 지구의 평균 온도는 1500년대 이후 약 1도 가량 높아졌는데, 그 중 60%인 0.611도가 20세기에 상승했다는 것. 미국 미시간 대학의 연구팀이 지구 각 대륙에 616개의 구멍을 뚫고 고감도 온도계로 암석과 토양의 온도 표지들을 분석하여 내린 결론이다. 지구가 더워지면 남극의 거대한 얼음이 녹으면서 바닷물 수위가 높아진다. 평균 온도가 0.1도 높아졌을 때 해수면의 상승 폭은 약 1.5cm~2cm. 지구의 수은주는 지금도 매년 조금씩 높아지고 있다.

절이었다. 어머니의 허파가 오그라들고 체온이 치솟았다는.

지구의 체온은 아마도 기온을 의미할 것이다. 어머니의 체온이 치솟았다는 건 달리 말하면 지구의 기온이 올라갔다는 뜻이 된다. 세상의 공기가 남극을 녹일 정도로 더워졌다는 얘기야말로 그 뚜렷한 증거가 아니겠는가.

실마리가 계속 풀려가자 노빈손은 덩실덩실 춤이라도 추고 싶은 기분이었다. 이제 남은 건 겨우 두 구절. 그는 신이 나서 마마프네에게 다음 얘기를 재촉했다.

"설상가상으로 이젠 하늘에까지 문제가 생겼어. 생물들에게 몹시 해로운 광선이 걸러지지 않고 땅으로 직접 내려온다는 거야."

"왜요?"

"공기가 탁해지면서 하늘에 자꾸만 구멍이 뚫린다고 하더구나. 남극 위의 하늘엔 대륙보다도 더 큰 구멍이 뚫려 있대. 거기 말고 다른 곳에도⋯⋯."

"잠깐만요!"

이번엔 마쿠나이마가 고함을 질렀다. 하늘에 뚫린 구멍! 신탁에 적힌 '찢긴 하늘'은 바로 그 구멍들을 의미하는 게 분명하다. 그렇다면 재앙은? 그 틈새로 스며들 재앙은 대체 어떤 것일까? 노빈손의 목에서 꿀꺽 하고 침 넘어가는 소리가 들렸다.

166

"구멍이 커지면 커질수록 세상은 점점 더워지고 땅은 차츰 메마르게 된단다. 기름진 땅이 모래로 변하고 숲이 말라 죽으면 결과는 뻔해. 수많은 사람들이 목말라 죽거나 굶어 죽겠지. 나중엔 식량을 서로 차지하기 위해 피비린내 나는 전쟁을 벌이게 될 거야. 하지만 전쟁에서 이겨봤자 버틸 수 있는 시간은 그리 길지 않아. 한번 망가진 땅은 다시는 회복되지 않을 테니까. 신은 제 뜻을 거역하고 자연을 망가뜨린 인간들에게 결국 그런 식으로 벌을 내리려는 거야."

"그럴 수가……."

재앙은 상상을 훨씬 뛰어넘는 것이었다. 그렇게 된다면 결국 세상에선 아무도 살아남지 못하게 될 것이다. 노빈손은 마마프네가 왜 아마존의 산불을 신의 형벌이라고 했는지 알 것 같았다. 가뭄과 폭우와 추위, 그리고 머지 않아 다가올 끔찍한 재앙……. 말할 수 없는 답답함과 두려움이 가슴을 가득 메우기 시작했다.

"이제 난 가야겠구나. 부디 많은 사람들에게 내가 한 이야기를 전해다오. 난 신의 노여움을 깨닫지 못하고 어리석은 짓을 되풀이하는 사람들을 보면 너무나 마음이 아프단다."

마마프네는 깊은 한숨을 내쉬며 자리에서 일어섰다. 그리고는 쓸쓸하게 강둑을 따라 걸어가기 시작했다. 노빈손과 마쿠나이마는 무거운 마음으로 그의 뒷모습을 묵묵히

오존층에 뚫린 죽음의 구멍
마마프네가 말한 '하늘의 구멍'은 오존층에 뚫린 구멍이다. 지구의 대기권은 땅에서 15Km 높이까지의 대류권, 50Km까지의 성층권, 80Km까지의 중간권, 그리고 300Km까지의 열권으로 나뉜다. 성층권 중 지구 표면으로부터 20~25Km 거리에 있는 공기층이 바로 오존층. 생물의 세포를 파괴하는 짧은 파장의 자외선을 대류권으로 못 내려가도록 미리 흡수하는 것이 오존층의 역할이다. 오존층의 파괴는 자외선의 증가로 이어지고 결국엔 사막화, 식량 부족, 물 부족 같은 엄청난 재앙을 불러오게 된다.

167

지켜보았다.

순간, 노빈손의 머리 속에 번개처럼 어떤 영감이 스치고 지나갔다. 아직 풀지 못한 신탁의 마지막 구절이 의미하는 바를 직감적으로 깨달은 것이다. 그는 제 생각이 옳은지 확인하기 위해 황급히 마마프네의 뒤를 쫓았다.

"할아버지, 잠깐만요."

마마프네가 걸음을 멈췄다. 한달음에 그에게 달려온 노빈손이 잠시 심호흡을 한 다음 천천히 입을 열었다.

"아까 그 꼬부랑 말들 있잖아요."

"꼬부랑 말? 엘니뇨와 라니냐 말이냐?"

"맞아요. 그 엘니뇨라는 게 무슨 뜻이죠?"

"엘니뇨는 스페인어로 작은 사내아이라는 뜻이지. 그런데 왜?"

쿠쿵―. 노빈손의 가슴 속에서 천둥치는 소리가 났다. 역시 그랬구나……. 그럼 그 다음은 굳이 확인할 필요도 없을 것이었다.

"라니냐는 당연히 계집아이란 뜻이겠죠?"

"그렇지. 잘 아는구나."

"그런데 둘 중에서 뭐가 먼저 나타나요?"

"그건 꼬집어 말할 수 없어. 늘 순서를 바꿔가며 번갈아 나타나니까."

아아, 바로 그거였어. 엘니뇨와 라니냐는 신이 인간에게 보내는 엄숙한 경고였어. 단지 인간들이 그걸 미처 깨닫지 못하고 있을 뿐이야……

노빈손은 천천히 두루마리를 펼쳤다. 그리고는 나직한 목소리로 신탁의 맨 마지막 구절을 읽었다. 엄숙하게, 그리고 또박또박하게. 신의 대리인처럼.

"사내아이와 계집아이가 번갈아 나타나서 경고를 내릴지어다……"

이제 신탁의 수수께끼는 모두 풀렸다. 남은 것은 단 하나, 생명의 동굴이었다. 동굴의 열쇠는 아마도 마호가니 신목에 있을 것이었다.

169

신이 꺼낸 옐로카드, 엘니뇨와 라니냐

엘니뇨란?

엘니뇨(El Nino)는 페루를 중심으로 한 적도 부근 동태평양의 바닷물 온도가 높아지면서 주변 공기층이 더워지는 현상이다. 9월에서 3월 사이에 발생하여 1년 가량 계속되다가 사라지며, 주로 12월에 많이 나타나기 때문에 엘니뇨라는 이름이 붙었다. 엘니뇨란 스페인어로 '남자 아이' 혹은 '아기 예수' 라는 뜻.

동태평양은 원래 서태평양에 비해 수온이 낮다. 동쪽에서 서쪽으로 부는 무역풍에 의해 바다 표면의 더운 물이 서쪽으로 밀려가고, 대신 깊은 바다 속의 찬 물이 위로 올라오기 때문이다. 이를 가리켜 '용승현상' 이라고 한다.

그런데 어떤 이유에선지 갑자기 무역풍이 약해지는 경우가 있다. 그러면 용승 현상이 약화되기 때문에 페루 부근의 수온이 평소보다 2~3도 가량 높아지게 된다. 늘 밀려오던 더운 물이 밀려오질 않으니 중부 및 서태평양의 날씨 역시 달라질 수밖에 없고, 아시아·유럽·아프리카의 기후도 그 영향으로 뒤죽박죽이 된다. 이처럼 모든 지역의 기온, 수온, 습도, 바람, 대기상태 등을 뒤바꿈으로써 지구 전체에 기상이변을 일으키는 것이 엘니뇨의 특징이다.

옐로카드의 위력

1997년에 브라질에서 발생한 가뭄은 아마존을 6개월간 산불 연기에 휩싸이게 했고, 무려 3만Km²의 정글을 잿더미로 만든 뒤에야 수그러들었다. 페루와 칠레에선 폭우로 1천여 명이 사망했고, 미국에선 섭씨 40도가 넘는 열파가 닥쳐 130여 명이 죽었다. 서태평양의 인도네시아에서도 가뭄으로 인한 산불이 3만Km²의 열대우림을 시커멓게 태워 버렸다.

중국에선 폭설과 추위로 1,500명이 얼어죽었고 홍수로 130여 명이 죽었다. 인도에서는 섭씨 50도까지 올라가는 살인적 무더위로 160명이 죽었고, 유럽의 발칸반도에서도 50년 만에 처음으로 수은주가 섭씨 40도를 웃돌았다. 사상 최악의 홍수를 겪은 잠비아, 전염병으로 100여 명이 사망한 탄자니아, 그리고 기상이변으로 국내총생산의 절반을 잃은 우간다……. 엘니뇨가 남긴 피해를 일일이 다 말하기엔 이 책의 종이가 모자라도 너무 모자란다.

거듭되는 경고, 라니냐
엘니뇨에 뒤이어 찾아오는 라니냐는 제 오라버니와 정반대다. 서쪽으로 부는 무역풍이 평소보다 강해져서 페루 부근의 용승현상이 더 심하게 일어나고, 이로 인해 동태평양의 수온이 비정상적으로 낮아지는 현상이다.

하지만 라니냐 역시 가뭄이나 홍수, 강추위 등을 유발한다는 점에서는 오라비와 다를 게 없다. 1만 5천 명의 목숨을 앗아간 인도의 사이클론, 3만여 명을 숨지게 한 중남미의 허리케인 등 1999년에 지구 곳곳에서 일어난 재앙들은 라니냐의 발생과 결코 무관하지 않다. 우리나라에서 최근 몇 년 사이에 발생한 가뭄이나 게릴라성 집중호우 등도 모두 엘니뇨 남매의 직간접적 영향이라는 게 박사님들의 판단.

지구가 더워지면 어떤 일이 생기는가?
지구는 지금 심각한 열병을 앓고 있다. 관측에 의하면 최근

1백 년 간 지구의 평균온도가 약 0.6도 높아졌다고 한다. 지난 2만 년 간 높아진 지구의 온도가 겨우 4도였음을 감안할 때 실로 가파른 급상승이다.

지구의 기온이 높아지는 가장 큰 이유는 공해. 원래 지구는 낮에 태양에 의해 데워졌다가 밤에는 다시 열을 방출하는 균형잡힌 순환체계를 갖고 있다. 그런데 공해로 인해 대기권에 불순물들이 쌓이면서 지구가 방출하는 열이 그 물질들에 의해 흡수되어 버린다. 그렇게 축적된 열 때문에 지구가 온실처럼 후끈후끈해지는 것이다. 시키지도 않은 보온 역할을 하는 그 공해물질들을 '온실가스'라 한다.

온실가스 중 가장 대표적인 것은 석유나 석탄 같은 화석연료를 땔 때 나오는 이산화탄소. 지구 온실효과의 약 55%가 이산화탄소 때문에 일어난다. 그 다음이 프레온가스(17%)와 메탄가스(15%)로, 이 세 가지 물질이 전체의 87%를 차지하고 있다.

지구 온난화가 불러 올 가장 큰 재앙은 남극의 얼음이 녹아서 바닷물 수위가 높아지는 것. 이미 북아일랜드만한 얼음 덩어리 두 개가 남극대륙에서 떨어져 나왔고(합치면 우리나라 면적의 1/4) 나머지 얼음에도 곳곳에 금이 가고 있다. 남극의 기온은 1950년 이후 무려 2도나 높아진 상태다. 면적 1,420만Km²로 유럽이나 오세아니아보다도 넓은 남극대륙의 얼음이 녹을 경우 그 결과는 실로 상상을 초월한다.

지금 같은 추세로 온실가스가 계속 배출될 경우 지구의 평균기온은 2030년까지 1도, 2100년까지는 5도 이상 높아질 것으로 예측되고 있다. 그렇게 되면 바다는 2030년에는 약 20cm, 2100년에는 무려 1m가 높아진다. 네델란드가 물 속에 잠기고 방글라데시의 1/30이 사라지고 태평양의 수많은 섬들이 전부 가라앉게 될 날이 겨우 1백 년도 채 남지 않았다.

하늘의 틈새로 내려오는 재앙

1998년, 지구 주위를 돌던 인공위성으로부터 놀라운 사진이 전송되었다. 남극 상공에 캐나다 크기만한 어마어마한 구멍이 뻥 뚫려 있었던 것. 오존층이 파괴되고 있다는 건 새삼스러운 일이 아니었지만 그렇게 큰 구멍이 확인된 건 그때가 처음이었다.

지구 표면으로부터 20~25Km 위에 있는 오존층은 생물들에게 해로운 자외선이 지상으로 못 내려가도록 흡수하는 역할을 한다. 오존층이 파괴되면 자외선이 땅으로 직접 내리꽂히기 때문에 심각한 문제들이 발생하게 된다. 대표적인 것이 바로 식물의 감소로 인해 나타나는 '사막화' 현상이다. 대부분의 식물들이 자외선에 약하기 때문이다.

사막화는 이미 지구의 심각한 문제점으로 떠올라 있다. 무분별한 삼림 파괴로 인해 매년 6만Km²의 땅이 사막으로 바뀌고 있는 중이다. 이런 추세라면 앞으로 2백 년 뒤엔 세계의 농경지 대부분이 사라질 것이라고 한다. 오존층의 파괴는 이런 현상을 더욱 부추길 것이 틀림없다. 그렇게 되면 무쟈프네의 말대로 식량위기가 찾아오는 건 필연이다.

오존층을 파괴하는 주범은 프레온 가스. 냉장고나 에어컨의 냉매로 쓰이는 프레온 가스의 염소 원자 한 개는 무려 10만 개의 오존분자를 파괴한다. 그리고 거의 3백 년 동안이나 분해되지 않은 채 오존층 내부에 머물 수 있다. 오존층의 입장에서는 괴로운 천적이고, 지구 생물들의 입장에서는 용서 못할 역적이다.

하지만 그 역적을 하늘로 뿜어 올린 건 바로 우리들 자신이다. 우리는 당장의 시원함에만 정신이 팔린 나머지 훗날 어떤 대가를 치를지는 전혀 생각하지 않았던 것이다. 그나마 다행인 건 선진국들이 올해부터, 그리고 나머지 국가들은 2010년부터 프레온 가스 사용을 중지한다는 국제협약(몬트리올 의정서)이 체결되었다는 점. 이제 나의 편리함보다는 후손들의 생존을 더 먼저 생각해야 할 때가 되었다.

옐로카드는 녹색을 외면한 대가

최근 몇 년 사이에 지구에서 일어난 모든 기상 이변들은 궁극적으로 '지구 온난화'라는 한 가지 이유에서 비롯된 것이다. 그리고 앞으로 일어날 것으로 예상되는 모든 재앙들도 결국은 지구가 더워지기 때문에 생기는 현상들이다. 이는 아마존을 비롯한 열대우림의 파괴가 얼마나 어리석은 행동이었는지를 다시 한 번 확인하게 해준다. 지구의 삼림이 건재했다면 지구는 결코 지금처럼 더워지지 않았을 것이기 때문이다.

열대우림은 온실가스의 주성분인 이산화탄소를 저장해 두는 지구 최대의 탄소 저장탱크다. 1ha의 정글이 흡수하는 탄소의 양은 1년에 약 10톤. 아마존 전체로 따진다면 연간 수십억 톤의 탄소를 저장하게 되는 셈이다. 만일 지난 세기에 열대우림의 면적이 절반 이하로 줄어들지만 않았다면 지금 지구를 덮히고 있는 이산화탄소의 60% 정도는 숲 속에 갇혀 있을 테고, 따라서 지구 온난화가 이렇게 급속하게 진행되었을 리도 없다.

또 하나 중요한 건 태양열의 용도. 아마존에 작열하는 햇볕의 80%는 정글과 강의 수분을 증발시키는 데 사용된다. 아마존은 뜨겁디뜨거운 적도의 태양이 지구를 덮히지 않도록 차단해 주는 일종의 방어림인 것이다. 하지만 정글의 규모가 축소되면 그 비율은 줄어들 수밖에 없고, 결국 더 많은 태양열이 지구를 덮히는 데 쓰이게 된다. 바로 이것이 열대우림의 축소가 지구 온난화로 이어지는 또 하나의 중요한 이유다.

세 번째는 열대우림이 내뿜는 수증기. 정글의 나무 한 그루가 평생 발산하는 수증기의 양은 무려 1천만 리터에 가깝다. 그 엄청난 양의 수증기들은 하늘로 올라가 두터운 구름이 되고, 그것은 태양열을 차단하는 데 단단히 한몫을 한다. 열대우림이 사라질 경우 햇볕을 차단할 수 없어 공포의 열시대가 찾아오리라는 건 앞에서도 이미 말한 바 있다. 열대우림의 축소는 이렇듯 하나부터 열까지 지구 온난화와 밀접한 관련을 맺고 있는 것이다.

녹색의 정글을 조금만 더 소중하게 여겼더라면 인류는 지금과 같은 옐로카드를 받지 않을 수 있었다. 혹은 훨씬 덜 심한 상태에서 미래에 대비할 수 있었다. 결국 우리가 받은 노란 딱지는 녹색을 외면하고 무시한 혹독한 대가인 셈. 지구에서의 퇴장을 의미하는 빨간 딱지를 피하기 위해서라도 이젠 녹색에 더 많은 관심과 애정을 쏟아야 한다.

5

검은 강물과 누런 강물

"우와, 신기하다. 어떻게 강물이 저렇게 시커멓지?"

노빈손은 마치 소풍 나온 사람처럼 함성을 질러댔다. 그들이 탄 카누는 지금 두 개의 강물이 와이(Y) 자 모양으로 합쳐지는 마나우스 어귀를 지나는 중이었다.

북쪽에서 흘러내려오는 네그루 강의 물빛은 마치 블랙커피를 쏟아부은 듯 시커맸다. 반면 서쪽에서 흘러온 술리몽스 강은 흙을 드럼으로 갖다 부은 것처럼 싯누런 황톳빛이었다. 지난번에 앵무새가 말한 장소가 바로 여기였던 것이다.

물의 결혼식 행진거리는
10Km
북쪽에서 내려오는 네그루 강의 검은 물과 서쪽에서 흘러오는 술리몽스 강의 누런 물은 마나우스에서 만난 뒤에도 하나로 합쳐지지 않고 한동안 따로 흘러간다. '물의 결혼식'에 뒤이어 진행되는 그 행진 거리는 자그마치 10Km. 두 강물이 그렇게 오랫동안 서로 섞이지 않는 것은 온도와 비중과 속도가 판이하게 다르기 때문이다.

두 개의 물줄기는 희한하게도 서로 섞이지 않은 채 따로 따로 흘러가고 있었다. 왼쪽 절반은 검은색, 그리고 오른쪽 절반은 황톳빛이었다. 강 한복판에는 삼팔선처럼 선명하게 경계선이 그어져 있었다.

"이제부터가 아마존의 본류야. 지금까지 본 강들은 아마존의 거대함에 비하면 기껏해야 작은 개천에 지나지 않아."

"히야아, 대체 여기는 강폭이 얼마나 되는 거야?"

"지금은 10Km 정도지만 조금만 더 가면 세 배로 넓어져. 그리고 또 조금 더 가면 다시 세 배로 넓어지고."

10Km의 세 배면 30Km, 다시 세 배면…… 그럼 100Km? 세상에 그렇게 넓은 강이 있다니, 완전히 바다네 바다야. 거기에선 온 세상이 다 물로 보이겠구나……. 손가락을 꼽던 노빈손은 도저히 상상이 안 된다는 듯 고개를 절레절레 흔들어댔다.

"뭘 그렇게 놀라. 강 하구의 삼각주 너비는 300Km가 넘는데."

"윽!"

노빈손은 한 번에 세 배씩 늘어나는 아마존의 거대한 규모에 완전히 넋이 나갔다. 좁은 산길만 보고 살다가 처음으로 광화문 네거리를 구경한 촌놈처럼 기죽은 표정이었다. 그러다가 문득 카누가 두 물줄기의 경계선 위에 있음을 깨닫고 큰 소리로 말했다.

"야, 가운데로 가지 말고 오른쪽으로 가."

"왜?"

"중앙선을 지켜야지. 넌 공중질서도 모르냐?"

마나우스의 귀신 붙은 나무

마나우스에 도착했을 때는 날이 꽤 어두워져 있었다. 강변의 작은 오두막에서 희미한 불빛이 새어나오는 게 보였다. 노빈손과 마쿠나이마는 일단 그리로 가서 하룻밤만 신세를 지기로 했다.

"실례합니…… 으읍!"

문을 열고 들어서던 노빈손은 갑자기 숨이 탁 막히는 걸 느끼며 신음을 내뱉었다. 앞이 보이지 않을 정도로 자욱한 연기가 실내를 가득 메우고 있었던 것이다. 대체 여기가 사람 사는 집이야, 아니면 불난 집이야?

"누구셔?"

연기 저편에서 웬 노인의 목소리가 들려왔다. 목구멍을 두 칸으로 나눠놓기라도 한 듯 심하게 갈라지는 소리였다. 이어서 마치 천식에 걸린 고양이처럼 낮게 그르렁거리는 노파의 목소리가 들렸다.

왜 사람마다 목소리가 다를까?

목소리는 후두와 폐, 갈비뼈, 가슴근육 등의 입체적인 작용에 의해 만들어진다. 그 중 가장 중요한 곳은 후두의 일부인 성대. 성대는 1쌍의 주름으로 되어 있으며, 폐에서 나온 공기가 주름 사이를 뚫고 지나갈 때 주름이 진동하면서 소리를 내게 된다. 남자는 성대가 굵고 길어 진동수가 적기 때문에 저음을 내고, 여자와 어린이는 성대가 가늘고 짧아 진동수가 많기 때문에 고음을 내는 것이다. 성우들의 목소리가 듣기 좋은 이유는 성대의 점막과 근육이 부드러워 진동이 고르게 일어나기 때문.

담배와 인디오의 오랜 인연
아메리카 대륙의 인디오들은
담배와 뗄래야 뗄 수 없는
인연을 가지고 있다. 1492년
에 신대륙을 발견한 콜럼버
스 일행은 원주민들이 불 붙
은 잎뭉치를 피우는 걸 보고
자기들도 얻어 피웠는데 그
게 바로 최초의 시가. 중앙
아메리카의 아즈텍족 추장
이 유럽에서 온 탐험가에게
선물한 갈대 담배는 궐련의
시초가 되었다. 종이담배가
생겨난 건 갈대를 구하기 힘
들어진 스페인 사람들이 갈
대 대신 종이를 사용하면서
부터.

"으이구, 제발 그놈의 담배 좀 꺼. 앞이 안 보이잖아."

잠시 후, 자욱한 연기를 헤치며 두 사람이 나란히 모습을 드러냈다. 백발이 치렁치렁한 늙은 인디오 부부였다.

"저는 우이투투족의 용사 마쿠나이마라고 합니다. 얘는 노빈손이라는 뱃사공이구요. 하룻밤 신세를 질까 해서 왔습니다."

으으, 뱃사공이라니. 노빈손은 즉시 노인에게 정정보도를 하려 했다. 하지만 노인은 뱃사공 알기를 우습게 아는지 노빈손에겐 아예 눈길조차 주지 않았다.

"그러셔. 하룻밤 아니라 1년이라도 쉬어가라구. 난 마나우스의 어부 자우카네야. 이 할망구는 내 집사람이고."

"반갑네, 총각들. 내 이름은 모가프네야. 콜록―."

"반갑습니다. 근데 목이 많이 아프신가봐요."

"에휴, 아픈 정도가 아냐. 이 영감이랑 결혼하고 나서 장장 50년을 굴뚝 속에서 살았어. 남들이 보면 집에 불난 줄 안다니까. 콜록콜록―."

아내에게 구박을 받은 자우카네가 멋적은 표정으로 담뱃대에 불을 붙였다. 오두막이 또다시 자욱한 너구리 굴로 변하기 시작했다.

"마호가니 신목을 찾아왔다구?"

"예, 혹시 모르세요? 콜록―."

180

결국 마쿠나이마마저 기침을 하기 시작했다. 노빈손은 연기가 자기한테 오는 걸 최대한 막기 위해 입으로 바람을 훅훅 불어대고 있었다.

"모르셔. 내가 여기에서 70년을 살았지만 그런 이름은 처음 듣는데?"

"분명히 이 근방이라고 했거든요, 캑캑—."

"흐음, 신목이라면 신령스런 나무라 이건데……."

자우카네는 눈알을 이리저리 굴리며 한동안 생각에 잠겼다. 연기를 피하느라 구석에서 벽을 보고 앉아 있던 모가프네가 그 틈을 이용해 대화에 끼여들었다.

"영감! 혹시 극장 뒷산에 있는 나무 말하는 거 아니우?"

그러자 자우카네가 당치도 않다는 듯이 모가프네를 흘겨보며 소리를 버럭 질렀다.

"말도 안 되는 소리 좀 작작 해. 그게 어떻게 신목이야? 귀신붙은 귀목이지. 그 나이가 되도록 여태 신령이랑 귀신도 구분을 못해?"

"콜록, 아니면 그만이지 왜 소리는 지르구 그래? 연기 날아오게시리."

모가프네는 퉁퉁 부은 얼굴을 하고 다시 구석자리로 돌아가 버렸다. 하지만 노빈손은 모가프네의 얘기에 왠지 모르게 자꾸 신경이 쓰였다. 어쩌면 그 나무에서 뭔가 단서를 찾을지도 모른다는 생각이었다.

담배 연기는 살인 가스
담배 연기 속에는 무려 4천 가지가 넘는 화학물질이 들어 있으며 그 중 2천 가지는 몸에 해롭다. 암을 일으키는 타르, 중독성이 강한 니코틴, 연탄가스와 성분이 똑같은 일산화탄소 등이 대표적인 유해물질들이다. 담배 연기 한 모금을 마실 때마다 0.1~0.2mg의 니코틴이 흡수되며(니코틴의 치사량은 체중 1Kg당 1mg), 한 개비를 피우면 2~3mg의 타르가 몸으로 들어간다. 담배연기 속에 섞인 일산화탄소량은 최고 4만 5천ppm으로 환경기준치인 10ppm의 4천 5백 배. 실내에서 담배 연기로 인해 호흡 곤란을 느낄 때의 일산화탄소량은 약 10.5ppm이다.

인디오들의 귀신관
원시신앙을 간직하고 있는
인디오들은 신기함이나 두
려움을 일으키는 모든 현상
에서 초자연적인 존재를 느
낀다. 폭포나 강물의 거센
소용돌이, 혹은 무섭게 생긴
바위 등은 그들에겐 단순한
자연현상이나 무생물이 아
니라 달래고 어루만져야 할
심술궂은 정령이다. 자우카
네처럼 나무에 귀신이 들렸
다고 믿는 것은 영혼의 존재
를 당연하게 받아들이는 인
디오들의 세계에서는 전혀
이상한 일이 아니다.

"저, 할아버지."

"왜 그러셔?"

"할머니가 얘기하신 그 나무엔 무슨 귀신이 붙었나요?"

그러자 자우카네는 왜 너까지 그러느냐는 듯한 표정으로 콧잔등을 잔뜩 찌푸렸다. 하지만 노빈손이 두 번 세 번 연거푸 물어대는 바람에 결국은 대답을 해줄 수밖에 없었다.

"무슨 귀신인지는 몰라. 하지만 귀신이 붙은 건 확실해. 암, 확실하고말고."

"왜요?"

"그 나무를 베려는 사람마다 하나같이 사고를 당했거든. 벌써 열 명도 넘지, 아마?"

"어떻게요?"

"맨 처음엔 벌목꾼이 믿는 도끼에 발등 찍혔고, 그 담엔 목재회사 사장이 전기톱에 감전당했고, 얼마 전엔 또 다베라족이라는 불량배들이……."

"흐읍!"

노빈손은 다베라족이라는 말에 자기도 모르게 신음을 내지르며 헛바람을 들이마셨다. 그 바람에 자우카네가 뿜어낸 연기가 한꺼번에 코 안으로 빨려 들어왔다. 으으, 간접흡연 때문에 암에 걸린 사람들도 많다던데.

"왜 그러셔?"

"아, 아니에요. 계속하세요."

"어른이 얘기할 땐 잠자코 들으셔."

"네에……."

"어디꺼정 했더라? 맞아, 얼마 전엔 다베라족 불량배들이 잔뜩 몰려왔었는데 갑자기 괴물이 나타나는 바람에 단체로 기절을 해버렸어. 누가 조직폭력배 아니랄까봐 기절도 아주 조직적으로 한꺼번에 했다더라구. 아무튼 그 뒤부터는 아무도 그 나무에 접근을 안해."

"괴물이라뇨? 무슨 괴물요?"

"아마존에 괴물이 무슨 열댓 마리쯤 되나? 괴물 하면 당연히 마삥과리지."

아마존의 괴물 마삥과리
마삥과리는 인디오들 사이
에서 공포의 대상으로 여겨
지는 정체불명의 괴물. 히말
라야의 설인, 캐나다의 사스
콰치, 미국의 빅풋과 더불어
세계의 4대 괴생명체로 통
한다. 50여 명에 이르는 목
격자들의 증언에 의하면 마
삥과리는 반은 사람이고 반
은 동물이며 붉은 털로 뒤덮
인 거대한 체구를 지니고 있
다고 한다. 정신을 잃을 정
도로 고약한 냄새를 수증기
형태로 뿜어내며 주위에 늘
날파리떼를 몰고 다닌다. 성
질이 매우 난폭하여 사람을
보면 무조건 공격하며, 두
손으로 간단히 목뼈를 부러
뜨릴 만큼 엄청난 힘을 갖고
있다고 한다.

이번에는 마쿠나이마의 눈빛이 반짝 빛났다. 마삥과리라면 절반은 동물이고 절반은 사람이라는 아마존의 반인반수 아닌가. 전설로만 전해지는 그 괴물이 마나우스에 나타났다니. 왠지 일이 점점 복잡하게 꼬여가는 듯한 느낌이었다.

"그게 마삥과리라는 건 확실한가요?"

"모르셔. 하지만 다베라족 두목 얘기로는 마삥과리가 틀림없다는 거야. 집채만한 덩치도 그렇고, 시뻘건 털도 그렇고, 결정적으로 지독한 구린내가 나더래. 그럼 분명히 마삥과리잖아?"

마쿠나이마는 한동안 생각에 잠겼다. 아무래도 직접 그 귀신 붙은 나무에 가 보는 게 좋을 것 같았다. 그는 연기를 피해 모가프네 옆으로 피난가 있던 노빈손에게 장군처럼 위엄있는 목소리로 지시를 내렸다.

"뱃사공! 출동 준비해."

마호가니 신목을 찾아내다

둘은 귀목이 있다는 오페라 극장 뒷산으로 올라갔다. 그 극장은 아마존이 세계 최대의 천연고무 생산지였던 1백 년 전에 유럽인들이 세운 것이었다. 산 속에서는 수많은 세링게이루(고무채취꾼)들이 횃불을 든 채 돌아다니고 있었다.

"저…… 말씀 좀 물을게요."

"물으슈."

"이 근처에 귀신 붙은 나무가 있다는데 아세요?"

그러자 세링게이루들은 휘둥그레진 눈으로 노빈손과 마쿠나이마를 위아래로 훑어보았다. 특히 노빈손을 보는 그들의 눈빛은 아주 이상야릇했다. 가뜩이나 이상해 보이는 녀석이 귀신까지 붙으면 아주 볼 만하겠구나 하는 그런 표정들이었다.

"그 나무는 왜 찾으슈? 귀신 들리면 어쩌려구?"

"에이, 설마 그런 일이 생길라구요."

"하긴, 자네한테는 귀신도 오다가 도망가겠구만. 얼굴이 무기라 이거지?"

세링게이루들은 노빈손을 다시 한 번 훑어본 뒤에야 귀목의 자세한 위치를 가르쳐 주었다.

"저 야자나무를 끼고 오른쪽으로 가서 코카나무를 끼고 좌회전한 다음 바나나나무 두 그루 사이로 직진하다가…… 벼락맞은 나무 앞에서 샛길로 빠져서 쭉 가면 돼."

"얍! 감사함다."

노빈손은 큰 소리로 인사를 한 뒤에 마쿠나이마와 함께 숲 속으로 들어갔다. 그리고 잠시 후, 까마득한 높이로 치솟은 붉은 나무 한 그루가 그들 앞에 모습을 드러냈다.

아마존 천연고무의 슬픈 역사

고무를 최초로 사용한 건 중남미 대륙의 인디오들이다. 콜롬부스는 1493년에 신대륙의 하이티 섬에서 어린아이들이 검고 둥근 물체를 가지고 노는 것을 발견했다. 땅에 떨어졌다가 다시 원래의 높이로 튀어오르는 그 놀라운 탄성체의 이름은 '펠레'. 인디오 말로 고무공이라는 뜻이다(축구황제 펠레의 이름도 같은 뜻. 펠레는 본명이 아니라 팬들이 지어준 애칭이다).

인디오들은 젖은 나무에 고무를 약간 섞으면 불이 잘 붙는다는 사실을 알고 있었다. 또 카누의 갈라진 틈을 고무로 메우면 물이 새지 않는다는 것을 알고 있었다. 지붕을 방수 코팅할 때, 그릇을 만들 때, 혹은 장화를 만들 때도 고무는 없어서는 안 될 필수 재료였다. 일부 인디오들은 발을 고무액에 담갔다가 꺼내서 말린 다음 신발처럼 신고 다녔는데, 바로 그 신발이 세계 최초의 고무신이었던 셈이다.

생고무는 열을 받으면 밀가루 반죽처럼 끈적거리고 추워지면 너무 단단해진다는 약점이 있었다. 그런 한계가 극복된 건 1840년에 찰스 굿이어가 '가황법(생고무에 황가루를 섞어 가열하는 방법)'을 발견하면서부터. 그 기술 덕분에 고무는 생활용품 차원을 넘어 마침내 자동차나 자전거의 바퀴로 사용될 수 있게 되었다. 오늘날 자동차 타이어의 대명사가 된 '굿이어 타이어'는 그의 이름을 딴 것이다.

1850년대로 접어들면서 고무의 수요는 폭발적으로 늘어났다. 아마존은 세계 최대의 천연고무 산지로 각광을 받았고, 작은 항

구였던 마나우스는 뱃길의 편리함 덕분에 세계의 '고무 수도'로 떠오르게 된다. 1850년에 1천 톤이었던 마나우스의 고무 수출량은 1870년에 3천 톤으로, 1880년에 1만 2천 톤으로, 그리고 1900년에는 2만 톤으로 급증했다. 아마존과는 전혀 어울리지 않는 화려한 오페라 하우스가 세워진 것도 이 무렵이다. 수출량이 연간 8만 톤을 넘어서던 1910년 무렵, 아마존 일대 2백만Km²의 숲에서는 무려 8천만 그루의 고무나무가 재배되고 있었다.

그러나 영광은 그리 길지 않았다. 1870년에 영국인들이 몰래 빼돌린 씨앗이 말레이시아의 드넓은 농장에서 자라나고 있었던 것(영국에도 문익점이 있었다!). 이와 때를 맞춰 아마존의 고무 생산량도 급속히 줄어들기 시작했다. 수십 년 간의 잔인한 채취가 그 수많은 나무들을 죄다 고갈시켜 버렸던 것이다.

말레이시아산 고무가 본격적으로 등장한 1919년을 고비로 아마존의 고무산업은 가파른 몰락의 길을 걸었다. 게다가 나머지 강대국들마저 고무를 확보하기 위해 곳곳에 고무농장을 만들기 시작했다. 네델란드는 인도네시아에서, 프랑스는 베트남에서, 그리고 미국은 라이베리아에서……. 마나우스는 쇠퇴했고 사람들은 파산했다. 오페라 하우스가 문을 닫았고 대부분의 상점들이 셔터를 내렸다. 고무 왕국 아마존과 고무 수도 마나우스의 처절한 몰락이었다.

두 차례의 세계대전을 거치면서 강대국들은 천연고무를 대체할 새로운 합성고무를 만들어 냈다. 석유화학산업이 발달한 요즘엔 고무 수요의 상당부분을 합성고무로 충당한다. 하지만 망가져 버린 아마존의 고무나무들은 다시 회생하지 못했고, 왕년의 고무 왕국 브라질은 허망하게도 천연고무 수입국으로 전락해 있다.

불법 벌목에 시달리는 마호
가니
마호가니는 벌목꾼들이 눈
에 불을 켜고 찾아 다니는
값비싼 목재. 오늘날 남아메
리카에서 수출되는 대부분
의 마호가니는 인디오 보호
구역에서 불법으로 벌목된
것들이다. 1999년에는
IBAMA(브라질 환경 및 재
생가능 천연자원 연구소) 소
속의 무장 환경감시관들이
불법으로 베어진 마호가니
원목을 무려 1백만 달러(12
억 원)어치나 찾아내기도 했
다. 아마존에서 1년에 생산
되는 10억 달러 상당의 목
재 중 불법 벌목이 차지하는
비중은 자그마치 80%.

"우와, 정말 엄청 크네. 최소한 천 년은 묵었겠는데?"

노빈손은 나무 주위를 빙빙 돌며 끊임없이 감탄사를 연발했다. 둘레가 어찌나 굵은지 한 바퀴 돌아서 원래의 자리로 돌아오는 데만 해도 제법 시간이 걸릴 정도였다. 어둠에 가려진 나무의 꼭대기는 최소한 100m는 훨씬 넘을 듯했다.

"이상한데."

"뭐가?"

마쿠나이마는 뭔가 이해가 안 된다는 표정으로 고개를 자꾸만 갸웃거렸다. 그러더니 나무에 등을 기대고 서서 노빈손에게 궁금증을 털어놓기 시작했다.

"마호가니는 목재 중에서도 최고로 치는 아마존의 명물이야. 벌목꾼들은 마호가니가 눈에 띄기만 하면 다 자라지 않은 어린 나무까지도 닥치는 대로 베어낸다구. 근데 이 나무는 어떻게 지금까지 베어지지 않고 버틸 수 있었을까?"

"그야 귀신이 붙었으니까……."

노빈손이 귀신처럼 눈을 번뜩거리며 으시시한 목소리로 말했다. 하지만 마쿠나이마는 마치 무를 자르듯 노빈손의 말을 중간에서 싹둑 잘라버렸다.

"아마존엔 귀신 따위는 없어. 위대한 자연의 신이 있을 뿐이야."

"그럼 대체 이유가 뭐라는 거야?"

"그건 나도 몰라. 어쨌든 이게 평범한 나무가 아니라는 건 분명해. 위를 보라구. 그 흔한 새나 원숭이가 한 마리도 없잖아?"

"듣고 보니 그러네."

위쪽을 올려다보던 노빈손이 눈을 반짝 빛냈다. 나무의 중간쯤에 작은 구멍 하나가 뚫려 있는 걸 발견했던 것이다. 구멍은 희미한 새벽빛 속에서 왠지 으시시한 분위기를 자아내고 있었다. 갑자기 마호가니 나무가 커다란 외눈박이 괴물처럼 보였다.

"저게 뭐지? 딱다구리 구멍인가?"

노빈손이 가리키는 곳을 올려다보던 마쿠나이마는 이내 고개를 흔들었다.

"아니야. 딱다구리는 구멍을 아주 깔끔하고 예쁘게 뚫어. 저렇게 길쭉하고 휘어진 구멍은 뚫지 않는다구."

"하지만 예술감각이 좀 떨어지는 딱다구리가 있을지도 모르잖아. 아니면 찬 데서 자는 바람에 부리가 옆으로 돌아갔거나."

노빈손은 드라마 '허준'에서 본 '구완와사'를 떠올렸다. 사람이 걸리는 병인데 딱다구리라고 걸리지 않는다는 법이 있을라구? 하지만 마쿠나이마의 반응은 썰렁했다.

"제발 그런 바보 같은 소리 좀 하지 마. 딱다구린 아니라고 했잖아."

"하긴, 저 구멍으로는 들락날락하기도 쉽지 않겠구나.

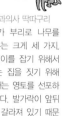

숲속의 외과의사 딱따구리
딱따구리가 부리로 나무를 쪼는 이유는 크게 세 가지. 첫째는 먹이를 잡기 위해서고, 둘째는 집을 짓기 위해서고, 셋째는 영토를 선포하기 위해서다. 발가락이 앞뒤로 2개씩 갈라져 있기 때문에 나무와 수직으로 앉은 상태에서도 밑으로 떨어지지 않는다. 병든 나무 속의 벌레를 잡아먹기 때문에 '숲속의 외과의사'로 불리기도 한다. 우리나라엔 설악산과 광릉 일대에 7종의 딱다구리가 살고 있지만 요즘엔 보았다는 사람이 거의 없다.

189

등이 구부정한 딱다구리라면 또 모르겠지만. 저건 꼭 무슨 초승달처럼 생겼…… 으응?"

노빈손의 머리 속으로 또다시 뭔가가 휙 스치고 지나갔다. 초승달? 왠지 낯설지 않은 느낌이 드는데? 내가 그걸 어디서 봤더라……. 노빈손의 눈썹이 씰룩거리면서 입이 점점 옆으로 돌아갔다. 그리고 잠시 후.

"목걸이!!"

노빈손은 제 목에 걸려 있던 히프미테의 목걸이를 황급히 끌러냈다. 마쿠나이마도 놀란 표정으로 목걸이와 나무의 구멍을 번갈아 바라봤다. 신기하게도 두 개의 초승달은 마치 판박이처럼 똑같은 모양을 하고 있었다.

"바로 이거야. 초승달은 아마존 왕국의 상징이었어. 그래서 히프미테의 목걸이가 초승달 모양을 하고 있었던 거야."

"그럼 저 구멍은?"

"바보야. 맨날 나만 구박하지 말고 너도 좀 생각을 해봐. 나무에 초승달 구멍이 뚫려 있는 이유가 뭐겠어? 아마존 왕국과 나무 사이에 뭔가 깊은 관계가 있다는 뜻이잖아."

"그렇다면…… 이 나무가 바로?"

"맞았어."

노빈손이 얼굴 가득 웃음을 띠며 기쁜 목소리로 말했다.

"바로 이 나무가 마호가니 신목이었어."

파리떼와 함께 나타난 괴물

요건 몰랐지?

흔히 똑같은 뜻으로 알고 있
지만 엉덩이와 궁둥이는 엄
연히 그 뜻이 다르다. 엉덩
이는 허리와 허벅지 사이의
뒤볼기 전체를 말하고, 궁둥
이는 앉을 때 땅에 닿는 부
분을 말한다. 다시 말해서
엉덩이의 아랫부분 일부만
궁둥이라는 뜻. 참고로, '방
둥이'는 '길짐승의 엉덩이'
라는 뜻이기 때문에 사람한
테는 쓰면 안 된다.

　마쿠나이마는 조심스럽게 나무 위로 기어 올라갔다. 마호가니 신목을 찾았다고 해서 일이 끝나는 건 아니었다. 이제 어떻게든 이 나무에서 생명의 동굴에 대한 실마리를 찾아야 하는 것이다. 열쇠는 아마도 초승달 구멍 속에 있을 것이었다.

　노빈손은 조마조마한 표정으로 마쿠나이마의 궁둥이를 올려다보았다. 제아무리 날렵한 마쿠나이마라도 저 굵은 나무를 맨손으로 올라간다는 건 쉬운 일이 아니었던 것이

191

다. 그는 마치 빙벽을 오르는 산악인처럼 단검으로 나무를
찍어 손잡이를 만들어가며 한발 한발 힘겹게 위로 올라가
고 있었다.

"아직 멀었어?"

"조금만 더 올라가면 돼."

"아직도 멀었어?"

"시끄러! 힘든데 말 시키지 마."

찔끔─. 노빈손은 입을 다물고 뾰루퉁한 얼굴로 마쿠나
이마를 쳐다보았다. 지금 저 자세에서 똥침을 놓으면 한 방
에 보낼 수 있을 텐데……. 그러는 사이 마쿠나이마는 마침
내 구멍에 도착하여 조심스레 안쪽을 들여다보고 있었다.

"뭐가 보여?"

"깊어서 잘 안 보여. 아, 저기 뭔가 희끗희끗한 게 있는
거 같다."

마쿠나이마는 구멍 속으로 팔을 넣어 보았다. 하지만 구
멍이 워낙 깊었던 탓에 팔은 깊이의 절반에도 채 미치지 못
했다. 등에 메고 있던 화살통에서 화살을 뽑아 다시 시도해
보았지만 닿지 않기는 마찬가지였다.

마쿠나이마는 일단 밑으로 내려와 길고 단단한 나뭇가지
하나를 꺾었다. 그리고는 다시 올라갈 채비를 하다 말고 갑
자기 코를 거머쥐며 노빈손을 잔뜩 노려보았다.

"야, 너 또 방귀 뀌었지? 이것도 공해란 말야, 짜샤."

"무슨 소리야. 누가 방귀를 뀌었다고 그래?"

노빈손은 억울하다는 듯 눈을 둥그렇게 뜨고 마쿠나이마를 쳐다보았다. 그리고는 제 결백을 증명하기 위해 뒤로 홱 돌아서서 엉덩이를 추켜들었다.

"자! 맡아 봐. 난 아니잖…… 으앗!"

노빈손의 얼굴이 똥침맞은 사람처럼 심하게 일그러졌다. 갑자기 수많은 날파리떼가 날아와 둘을 에워쌌던 것이다. 아마존의 날파리란 날파리는 죄다 모여든 것 같은 엄청난 숫자였다. 노빈손은 손을 휘휘 내저으며 마구 비명을 질러 대기 시작했다.

"으아아, 저리 가. 저리 가란 말야"

순간, 정글 속에서 갑자기 무시무시한 괴성이 들려오기 시작했다. 온 몸의 털이 한꺼번에 곤두설 정도로 오싹한 소리였다. 날파리들과 사투를 벌이던 노빈손은 기겁을 하며 두 손으로 귀를 틀어막고 납작 엎드렸다.

크아아— 크으으으— 캬아아아아—.

"으으, 귀신이 틀림없어. 역시 이건 신목이 아니라 귀목이었나봐"

벌벌 떨던 노빈손이 갑자기 벌떡 일어나 바지를 벗었다. 엄마가 속옷에 꿰매준 부적이 퍼뜩 떠올랐던 것이다. 제아무리 무서운 귀신이라도 부적을 보면 감히 못 덤비겠지……. 하지만 질기디질긴 낚시줄로 꿰맨 부적은 좀처럼 옷에서 떨어지지 않았다. 다급해진 노빈손은 결국 속옷까지 홀러덩 벗어 버렸다.

괴성과 악취가 점점 가까이 다가왔다. 새들이 날아오르는 소리와 원숭이들이 꽥꽥대는 소리가 정글의 아침을 뒤흔들었다. 마쿠나이마는 단검을 움켜쥔 채 잔뜩 긴장한 표정으로 정체 모를 괴수를 기다리고 있었다.

코가 문드러질 정도로 엄청난 악취가 훅 풍겨왔다. 그리고 잠시 후, 정글 속에서 뭔가 붉고 거대한 것이 빠른 속도로 튀어나왔다. 눈을 질끈 감고 속옷을 흔들어대는 노빈손의 귀에 마쿠나이마의 떨리는 부르짖음이 들렸다.

"마삥과리다!!"

괴물 마삥과리의 성체

마삥과리는 무시무시한 괴성을 내지르며 당장이라도 잡아먹을 듯한 기세로 마쿠나이마를 노려보았다. 숨을 한번 쉴 때마다 뿌연 콧김이 증기기관차의 연기처럼 거세게 뿜어져 나왔다. 녀석의 악취는 바로 그 콧김에서 풍겨오는 것 같았다.

녀석의 양쪽 어깨엔 황금사자 타마린 원숭이 두 마리가

올라앉아 있었다. 먹이감으로 잡혔다고 보기엔 왠지 평화스런 표정들이었다. 하지만 극도로 긴장한 노빈손과 마쿠나이마에게 그런 풍경이 눈에 들어올 리는 없었다.

마쿠나이마의 화살이 마삥과리의 가슴에 적중했다. 하지만 화살은 놀랍게도 마치 성냥개비처럼 힘없이 툭 부러지고 말았다. 가소롭다는 듯 웃어대는 녀석의 입 밖으로 날카로운 송곳니가 드러나자 가뜩이나 흉칙한 얼굴이 훨씬 더 흉칙해 보였다.

마쿠나이마는 필사적으로 화살을 쏘아댔다. 두 발, 세 발, 네 발……. 갖고 있던 화살을 다 쏘고 창과 단검까지 던져 보았지만 결과는 마찬가지였다. 재규어나 아나콘다를 물리치는 마쿠나이마의 무기도 괴물 마삥과리에겐 아무 소용이 없었던 것이다.

마침내 마쿠나이마가 빈 손이 되었다. 그러자 마삥과리는 기다렸다는 듯 성큼성큼 마쿠나이마를 향해 걸어오기 시작했다. 틀렸어, 이젠 끝장이야……. 마쿠나이마가 절망적인 심정으로 눈을 질끈 감았다. 노빈손은 절반은 공포 때문에 그리고 절반은 녀석이 풍기는 악취 때문에 이미 정신이 혼미해진 상태였다.

마삥과리의 거대한 손톱이 마쿠아니아의 목을 움켜쥐었다. 이제 녀석이 손에 힘을 주기만 하면 아마존의 용맹한 전사 마쿠나이마는 목숨을 잃게 되는 것이다. 노빈손이 신음을 내뱉으며 눈을 뜬 건 바로 그 순간이었다.

"아앗!"

노빈손은 경악을 하며 자리에서 벌떡 일어섰다. 지금 이 순간만큼은 공포도 악취도 전혀 느껴지지 않았다. 오직 마쿠나이마를 구해야 한다는 생각만이 떠오를 뿐이었다. 노빈손은 미친 듯이 속옷을 흔들며 울음 섞인 목소리로 고래고래 악을 쓰기 시작했다.

"놔! 당장 그 손 놓으란 말야. 이 못생기고 더러운 괴물 놈아. 으아아아ㅡ."

마삥과리는 시끄럽다는 듯 가제트처럼 긴 팔을 뻗어 속옷을 나꿔챘다. 녀석의 무시무시한 눈과 시선이 마주치는 순간, 노빈손은 아득한 공포를 느끼며 힘없이 눈을 감아 버렸다. 아아, 꿈 많은 내 청춘이 결국 이렇게 종말을 고하는구나……

그런데 이상한 일이었다. 갑자기 녀석의 괴성이 뚝 멈추고 움직이는 기척도 전혀 느껴지지 않았던 것이다. 저 괴물이 왜 갑자기 꿀 먹은 벙어리가 된 거지? 부적이 뒤늦게 신통력을 발휘한 건가? 아니면 정말로 내 얼굴에 놀라서 도망을? 노빈손은 그 와중에도 호기심을 참지 못해 결국 감았던 눈을 슬며시 뜨고 말았다.

"어라?"

노빈손의 표정이 수학시험을 볼 때처럼 멍청하게 변했

다. 녀석이 뜻밖에도 공손한 표정으로 무릎을 꿇고 엎드려 있는 게 아닌가. 으으, 지금 이게 꿈이야 생시야? 혹시나 싶어 허벅지를 꼬집어 본 노빈손의 얼굴이 빵점 맞은 시험지처럼 심하게 구겨졌다. 벌거벗은 아랫도리 전체로 얼얼한 통증이 전해지고 있었다.

'꿈은 아닌가본데, 대체 뭐하자는 거지? 잡아먹기 전에 미리 제사라도 지내주는 건가?'

노빈손은 멍한 눈길로 마쿠나이마를 쳐다보았다. 그는 어느새 마삥과리의 우악스런 손아귀에서 벗어나 있었지만 표정은 노빈손과 별로 다르지 않았다. 대체 지금 무슨 일이 벌어지고 있는지 전혀 종잡을 수 없다는 듯한 표정이었다.

"끄으으― 끄어끄어―."

마삥과리가 손으로 노빈손을 가리키며 뭔가 말하려는 듯했다. 하지만 통역관이 오기 전엔 도무지 무슨 말인지 알아들을 도리가 없었다. 답답해진 노빈손이 가슴을 쾅쾅 두드리며 마삥과리에게 잔소리를 하기 시작했다.

"야! 이 멍청한 괴물놈아. 대체 그게 무슨 말이야? 끄으으 끄어끄어? 좋아, 대답해 주지. 따릉따릉 따르릉, 아싸아싸 아뿔싸! 됐냐? 너도 못 알아들으니까 답답하지?"

"끄아아? 끄어아아―."

"으이그, 답답해. 띠용띠용 띠이용!"

노빈손은 계속해서 마삥과리와 괴상한 대화를 주고받았

언어 장벽을 뛰어넘는 만국 공통어

모든 인류가 똑같은 말을 사용하면 민족간의 이해도 깊어지고 세계는 훨씬 평화로워지지 않을까. 이런 목적에서 생겨난 만국공통어가 바로 에스페란토다. 1887년에 폴란드의 유태인 의사 자멘호프가 만든 에스페란토의 창제 목적은 '만인평등과 세계평화'. 전세계에 대립과 전쟁이 끊이지 않는 이유가 의사소통 부족 때문이라고 생각하고 그 해결책으로 에스페란토를 만들었다고 한다.

다. 마쿠나이마의 눈이 반짝 빛난 건 바로 그때였다.

"가만, 이제 보니까……."

"왜 그래? 저놈이 뭐라고 하는지 알아냈어?"

"쟤가 지금 니 목걸이를 가리키고 있는 거 아냐?"

"목걸이라구? 쟤가 왜 내 목걸이를 가리켜? 괴물도 악세사리 하나?"

노빈손은 황당하다는 표정으로 제 목걸이를 끌러 마삥과리에게 흔들어 보였다. 그러자 마삥과리가 갑자기 큰 소리로 끅끅거리며 두 팔을 치켜들더니 연거푸 큰절을 해댔다. 마치 신하가 왕에게 경배를 드리는 듯한 공손한 태도였다.

"쟤가 대체 왜 저러는 거야? 혹시 이 목걸이 자기 달라는 거 아냐?"

노빈손이 어림도 없다는 듯 목걸이를 등 뒤로 감추는 순간, 마삥과리는 즉시 절을 멈췄다. 그러자 마쿠나이마가 뭔가 확실히 깨달았다는 듯한 표정을 지으며 크게 고개를 끄덕였다.

"그랬구나. 역시 그것 때문이었어."

"뭐가?"

"마삥과리는 적이 아니야. 녀석은……."

마쿠나이마가 기쁜 표정으로 말했다.

"아마존의 여왕을 섬기는 영특한 괴물이었어."

마호가니 신목의 높이를 재라

귀족들의 종이, 양피지
양피지는 이름 그대로 '양가죽 종이'이며, 종이가 없던 시절에 널리 사용되던 종이의 대용품이다. 기원전 3천 년 경에 이집트에서 파피루스라는 식물성 종이가 개발되었다. 하지만 유럽에는 파피루스가 자라지 않았기 때문에 유럽인들은 파피루스를 대체할 물건을 찾기 시작했고, 그 결과 생겨난 것이 바로 양피지다. 양의 털을 벗기고 가죽을 넓게 펼쳐 만든 양피지는 품질은 좋았지만 너무 무겁다는 단점이 있었다. 100쪽짜리 책 한 권을 만드는 데 양 10마리의 가죽이 필요했을 정도. 게다가 너무 비쌌기 때문에 평민들은 사용할 수 없었다.

마뺑과리가 신목의 초승달 구멍 속에서 꺼내온 건 복잡한 글자들이 적혀 있는 하얀 양피지였다. 아주 오랜 옛날에 쓰여진 상형문자 같았지만 그 의미는 전혀 알아낼 수 없었다.

"어쩌면 자우카네 노인은 읽을 수 있을지도 몰라. 원래 노인들은 옛날 말이나 글자들을 잘 알거든. 일단 돌아가서 한번 물어보자."

둘은 서둘러서 산을 내려왔다. 노빈손은 허리춤을 손으로 꽉 움켜쥔 채 어기적거리며 걸음을 옮겼다. 아까 속옷을 급하게 벗는 바람에 그만 고무줄이 끊어져 버렸던 것이다. 마뺑과리는 양피지를 꺼내준 뒤 다시 어디론가 사라지고 없었다.

"정말 신기해. 그 괴물이 히프미테의 부하였다니."

"히프미테의 부하가 아니라 아마존 왕국의 부하야. 마뺑과리는 히프미테가 여왕이 되기 훨씬 전부터 아마존의 여왕들을 섬겼던 게 분명해."

"근데 왜 히프미테는 내게 그런 얘길 해주지 않았을까?"

"내 생각엔 히프미테도 잘 몰랐던 거 같애. 아마존 왕국이 멸망 위기에 몰리면서 마뺑과리와의 관계도 끊어져 버린 거지. 어쩌면 마삥과리는 지금껏 아마존 여전사들의 행방을 찾아다니고 있었는지도 몰라."

"마호가니 신목을 베려던 사람들을 골탕 먹인 것도 마삥과리였겠지?"

"맞아. 마삥과리는 아주 오래 전부터 신목을 지키는 임무를 수행하고 있었을 거야. 그래서 누군가 나무를 해치려 하면 몰래 방해를 했던 거지. 다베라족의 경우엔 떼거지로 몰려왔기 때문에 어쩔 수 없이 모습을 드러낸 거고."

"그럼 그 임무를 맡긴 사람은 누구야?"

"그야 모르지. 어쩌면 신의 뜻이었을지도 몰라. 마호가니 신목에 생명의 동굴을 찾는 열쇠가 있다고 말한 게 바로 신이었잖아."

"그럼 그 양피지는?"

"글쎄, 혹시 동굴을 찾는 방법이 적혀 있는 거 아닐까?"

"근데 마삥과리는 어디로 간 거지?"

"야!"

마쿠나이마가 갑자기 화를 버럭 내며 노빈손에게 눈을 흘겼다.

"넌 머리가 없냐 아니면 머리털이 없냐? 왜 모든 걸 나한테 물어보려구 그래? 니가 직접 생각해 보면 되잖아."

그러자 노빈손이 마쿠나이마보다 더 화를 내며 말했다.

"그래! 나 머리털 없다. 어쩔래?"

자우카네는 두꺼운 돋보기를 눈에 대고 손가락으로 글자들을 하나씩 짚어나갔다. 그러더니 이게 무슨 귀신 씨나락 까먹는 소리냐는 듯 아리송한 표정으로 내용을 알려주었다. 양피지에 적힌 글자의 뜻은 이런 것이었다.

초승달 나무의 키가 한 걸음이니, 길잡이 별 쪽으로 열 걸음, 해 지는 쪽으로 세 걸음 가라. 보름달의 빛으로 초승달을 밝혀라. 동굴지기가 마중을 나오리라.

"대체 이게 뭐야? 화장실에 쓴 낙서도 아니고."
노빈손의 볼이 잔뜩 부은 것도 무리는 아니었다. 그는 화장실에서 이런 낙서에 속은 경험이 여러 차례 있었던 것이다. 오른쪽 보라고 해서 보면 왼쪽 보라고 적혀 있고, 왼쪽을 보면 위를 보라고 적혀 있고, 위를 보면 뒤를 보라고 적혀 있고, 그래서 뒤를 보면 마지막으로 으레 이런 말이 적혀 있곤 했었다.
메롱―.
"그냥 한 번에 말하면 되잖아. 왜 복잡하게 이리 가라 저리 가라 하면서 약을 올리냐구."
"바보야, 그게 아니야."
마쿠나이마가 답답하다는 듯 노빈손을 나무랐다.
"생각을 해봐. 길도 없는 정글인데 그림으로 가르쳐 줄

보름달의 밝기는 반달의 2배?
달은 지구로부터 평균 38만 4,400km 떨어져 있으며 크기는 지구의 1/3, 질량은 1/81이다. 태양빛의 7%만 반사하고 나머지는 흡수하지만 설사 100%를 반사해도 밝기는 태양의 3만 5천분의 1에 불과하다. 태양과 맞먹기 위해 필요한 보름달은 무려 50만 개. 반딧불 앞에서 폼잡던 보름달도 태양 앞에 가면 거꾸로 '보름달 앞의 반딧불'이 되는 셈이다. 그렇다면 반달의 밝기는 보름달의 1/2일까? 천만의 말씀. 햇빛을 정면으로 반사하는 보름달과 달리 반달은 90도 측면에서 반사하기 때문에 밝기가 보름달의 1/9밖에 되지 않는다.

수도 없고, 그렇다고 그 옛날에 '남서쪽으로 몇 미터' 라는
식으로 적을 수도 없었을 거 아냐. 이 양피지의 주인은 최
대한 정확하게 위치를 가르쳐 주기 위해서 이렇게 쓴 거란
말야."

"……."

듣고 보니 그건 맞는 말이었다. 하지만 그렇다고 화가 완
전히 풀린 건 아니었다. 해 지는 쪽이야 당연히 서쪽이겠지
만 길잡이 별은 대체 또 뭐란 말인가. 신탁을 다 풀었나 했
더니만 또 이렇게 아리송한 말이 등장하다니.

"그렇다고 쳐. 하지만 길잡이 별은 또 뭐야? 하늘에 무슨
도로 표지판이라도 있느냐구."

"바보."

"뭐? 또 바보라구? 이게 진짜……."

"길잡이 별은 남십자성이야. 여기에선 밤하늘에 뜬 남십
자성을 보면서 방향을 찾는다구. 길을 알려주니까 그게 바
로 길잡이 별이잖아."

"……."

그것도 맞는 말이었다. 노빈손은 무인도에서 북극성을
보며 방향을 찾던 일을 그제서야 기억해 냈다. 나도 다 아
는 거고 직접 경험까지 했었는데……. 노빈손은 문득 자기
의 경솔함이 부끄러워졌다. 이러니까 말숙이가 날 우습게
보는 거겠지?

"보름달로 초승달을 밝히라는 건 목걸이를 달빛에 비추라는 거겠지?"

"그렇겠지 뭐."

노빈손이 심드렁하게 대답했다. 마쿠나이마는 한참 동안 양피지의 내용을 꼼꼼히 살피더니 뭔가 막히는 게 있는 듯 고개를 갸웃거렸다.

"문제는 마호가니 신목의 높이를 재는 방법이야. 그걸 알아야 양피지가 시키는 대로 할 수 있으니까 말이야."

"자로 재면 되잖아."

"바보야, 그렇게 긴 자가 세상에 어딨냐?"

"그럼 줄을 갖고 꼭대기까지 올라간 다음 줄을 재보면 되겠네."

"그 나무 꼭대기엔 아무도 못 올라가. 위로 올라갈수록 가지가 가늘어지기 때문에 다 올라가기도 전에 부러져 버린다구. 날아다니는 새라면 또 모르겠지만."

"그럼 새한테 시켜서……"

"시끄러. 쓸데없는 소리 그만 하고 빨리 머리나 굴려."

구박을 받았는데도 노빈손의 기분은 그리 나쁘지는 않았다. 흐흐, 내가 머리 하나는 끝내 준다는 걸 저 녀석도 알긴 아는구나……. 그는 즉시 눈을 감고 나무의 높이를 재는 방법을 궁리하기 시작했다.

1m는 뭘 기준으로 한 길이일까?
자에 표시된 길이의 단위는 센티미터(cm), 1cm가 1m의 1/100이라는 건 며느리도 안다. 그런데 왜 하필 그만큼의 길이를 1m로 정했을까? 정답은 지구의 덩치에 있다. 1791년에 프랑스 과학 아카데미에서 "북극점에서 파리를 거쳐 적도에 이르는 사분원(지구 둘레의 1/4)의 1천만 분의 1을 1m로 하자"고 제안했던 것. '미터(meter)'는 '측정'을 뜻하는 그리스어 'metron'에서 따온 말이다.

"그림자 길이를 잰다구?"

"그렇다니까."

"바보야. 그림자는 하루종일 길이가 계속 달라지잖아. 그 중에서 어떤 게 진짜 나무 높이인지 어떻게 안단 말야?"

"멍청하긴. 그러니까 니가 아직 여자친구가 없는 거야."

노빈손은 가엾다는 듯한 눈길을 보내며 마쿠나이마에게 제 생각을 설명했다.

"잘 들어. 일단 나무 옆에 작은 막대기를 하나 꽂아. 그런 다음 그것의 그림자 길이가 막대의 길이와 똑같아지는 순간을 잡아. 바로 그때가 그림자와 실물의 길이가 같아지는 시간이야. 그러니까 그 순간에 마호가니 신목의 그림자 길이를 재면 되는 거라구."

마쿠나이마는 그제서야 고개를 끄덕이며 감탄스러운 눈빛으로 노빈손을 쳐다보았다. 이때다, 잘난 척할 기회는……. 노빈손은 최대한 태연한 얼굴로 표정관리를 해가며 양피지의 암호가 너무 싱겁다는 듯 이렇게 말했다.

"너무 시시해. 좀더 어렵게 적어 놨어도 됐는데."

204

수수께끼 대결 3차전

노빈손은 신중하게 그림자를 바라보며 때가 오길 기다렸다. 막대와 그림자의 길이가 같아지는 순간에 신호를 보내면 저만치서 마쿠나이마가 마호가니 신목 그림자의 끝을 표시한다. 그러면 밑둥에서 거기까지의 거리가 바로 나무의 높이가 될 것이었다.

그때 뭔가 딱딱한 물체가 뒷덜미를 쿡 찌르는 게 느껴졌다. 앗? 이 녀석이 정신이 있는 거야 없는 거야? 자리를 안지키고 여기까지 오면 어떡해? 노빈손이 마쿠나이마에게 뭔가 잔소리를 하려는 순간, 등 뒤에서 뜻밖의 목소리가 들려왔다.

"오랫만이다, 꼬마야. 캬캬캬—."

그건 다름 아닌 모질라요의 목소리였다.

"살려주세요, 아저씨. 요번에는 아무 방해도 안했잖아요."

"캬캬캬—. 물론 방해는 안했지. 하지만 어차피 또 방해할 거였잖아."

"예? 무슨 짓을 하실 건데요?"

"버르장머리 없는 놈 같으니……. 귀신 붙은 마호가니

높이를 재는 몇 가지 방법
자와 각도계가 있으면 나무에 직접 올라가지 않고도 삼각함수를 이용하여 높이를 잴 수 있다. 나무 꼭대기를 A, 밑둥을 B, 나무에서 멀리 떨어진 임의의 점을 C라고 하자. 일단 선분 AC와 선분 BC 사이의 각도를 측정한 다음 선분 BC의 거리를 재면 나무의 높이(선분 AB)가 나온다. ACB의 각도를 x라고 할 때, 탄젠트x × BC의 길이가 바로 AB의 길이가 된다.

베는 짓 하시려구 그런다, 왜?"

"네에? 안 돼요! 그건 절대로 못 베요."

"거봐. 방해할 거였지. 그러니까 이번엔 미리 대비하는 차원에서 잡은 거야. 다베라족은 유비무환의 정신이 투철하거든. 캬캬ー."

노빈손은 입이 바짝바짝 마르는 걸 느꼈다. 다른 때 같으면 마뼁과리가 나무를 보호할 것이다. 하지만 마뼁과리가 없는 지금은 누구도 모질라요의 행동을 막을 수 없었다. 자기와 마쿠나이마마저 놈들에게 잡혀 버린 상황이었기 때문이다. 제아무리 용감한 마쿠나이마도 수십 명이 총을 들고 포위하는 데야 어쩔 도리가 없었던 것이다.

노빈손은 필사적으로 머리를 짜냈다. 하지만 지금 선택할 수 있는 건 오직 한 가지 방법 외에는 없었다. 실패하면 목숨을 잃을지도 모르는 위험한 모험. 한동안 고민하던 노빈손은 결국 그 방법을 선택하기로 마음먹었다.

"아저씨."

"캬캬ー, 왜 불러?"

"빨리 3차전 시작하죠."

"뭐라구?"

"수수께끼 3차전 시작하자구요. 빨리 문제 내세요."

"이놈이? 아예 자청해서 세상을 뜨겠다는 거야? 내가 이번에도 그렇게 쉬운 문제를 낼 거 같애?"

"내가 세상을 뜰지 아저씨 얼굴이 누렇게 뜰지는 해봐야 아는 거예요. 대신 조건이 있어요."

"좋아. 판돈을 걸어야 내기가 되지. 내가 지면 저 마호가니를 포기하마. 대신 네가 지면……."

"원하는 게 뭐죠?"

"고추를 따버릴 테다. 그래도 할래?"

으으, 고추를 따다니……. 그것도 노씨 가문의 외아들인 나 노빈손의 고추를. 세상에 저런 흉악하고 간사한 내시 같은 인간이 있을 줄이야……. 노빈손의 눈꼬리가 파르르 떨리기 시작했다. 말숙아, 난 어쩌면 좋으니.

"캬캬캬ー, 싫음 관둬. 그까짓 거 따서 내가 뭐에 쓰겠나?"

모질라요가 흥미를 잃었다는 듯 시큰둥한 표정으로 약을 올리기 시작했다. 노빈손은 귀한 제 고추를 무시하는 듯한 모질라요의 말에 발끈 화를 내며 그의 제안을 받아들였다.

"좋아요. 그걸 걸겠어요."

노씨 가문의 대가 끊어지느냐 마느냐를 결정할 빅이벤트인 수수께끼 대결 3차전이 마침내 시작되었다. 물론 마호가니 신목의 생명이 걸린 시합이기도 했다.

"내시 같은 놈. 간신 같은 놈. 몽달귀신들은 뭐하나. 저런 놈 안 잡아가고."

고추 없는 남자들, 내시와 환관

'내시'라고 하면 흔히 수염 없고 고추 없는 간신배를 떠올리지만 고려시대의 내시는 과거에 급제한 인재들과 명문가의 자식들만 맡을 수 있었던 명예로운 직책. 고려 후기에 천민 출신들이 등용되고 궁중의 잡일을 처리하던 환관들이 내시를 겸하면서부터 '내시=환관'이 된 것이다. 고추 없는 사람들만 내시로 등용된 건 조선시대 이후의 일. 재미있는 건 로마, 페르시아, 비잔틴 등 서양의 환관들 역시 대부분 고추가 없었다는 점이다. 우리나라의 내시 제도는 갑오경장(1894) 이후 폐지되었다.

내기의 역사는 인류의 역사
내기의 역사는 아득하다. 기
원전 17세기의 이집트에 이
미 '타우'와 '세나트'라는
도박 게임이 있었고, 고대
인도의 〈마누법전〉에도 도박
을 금지하는 대목이 나온다.
예수가 못박히던 날엔 로마
병정들이 예수의 옷(성의)를
차지하기 위해 주사위로 내
기를 했다고 한다. 심지어는
콜로라도 호비동굴의 원시
벽화에조차 도박하는 인간
들의 모습이 그려져 있을 정
도. 백제의 개로왕은 간첩인
도림과의 내기바둑에 몰두
하느라 나라를 망가뜨리기
도 했다. 내기에 대한 가장
명쾌한 정의는 "불확실한 것
을 얻기 위해 확실한 것을
건다"는 파스칼의 말.

노빈손은 머리를 쥐어뜯으며 모질라요에게 저주를 퍼부
었다. 세상에 승률 1백%짜리 시합을 내기랍시고 하는 인
간이 어디 있단 말인가. 아무리 생각해도 이번 게임은 승패
가 너무나 뻔했다. 노빈손이 이길 확률은 말 그대로 빵%였
다.

노빈손의 눈앞에는 물이 담긴 그릇이 놓여 있었다. 그리
고 물 속에는 반짝이는 금화 한 닢이 들어 있었다. 손에 물
을 묻히지 말고 동전을 그릇 밖으로 꺼내라는 게 모질라요
가 낸 문제였다. 다른 도구를 이용해서 건져내거나 불을 때
서 물을 증발시키면 안 되고, 대신 성공하면 보너스로 금화
를 주겠다는 것이었다.

"이건 완전히 억지야. 무슨 수로 저 동전을 물 위로 끌어
올린단 말야? 중력도 아래로 작용하고 기압도 아래
로……."

가만! 내가 금방 뭐라 그랬지? 기압? 기압이라……. 그
단어가 친근하게 느껴지는 걸로 봐서 왠지 거기에 길이 있
을 거 같은데? 틀림없어. 내가 다른 건 몰라도 그런 감각
하나는 거의 동물적인 수준이거든.

드디어 노빈손의 눈빛이 반짝반짝 빛나기 시작했다.

노빈손 따라잡기 3 : 기압을 이용한 마술 세 가지

(1) 손 안 대고 동전 꺼내기

이 마술의 원리는 앞에서 설명했던 '호리병에 새알 밀어넣기'와 똑같다. 일단 병 속에 알코올을 적신 풀뭉치를 넣고 태운 다음 불이 꺼지자마자 즉시 접시 위에 거꾸로 세운다. 그러면 병 속의 기압이 병 밖에서 접시물을 누르는 기압보다 낮기 때문에 물이 병 속으로 빨려 올라간다.

또 다른 방법은 병 속에 물을 넣고 팔팔 끓인 다음 물을 쏟아내고 접시 위에 거꾸로 세우는 것이다. 더워진 병 속의 공기가 찬물에 닿아 액화되면서 병 내부는 거의 진공상태로 바뀐다. 당연히 기압이 낮아지고, 그 결과는 앞의 방법과 똑같다. 동전은 내꺼!(끓인 물을 쏟아 버려야 할 세 가지 이유. ① 어차피 거꾸로 세우면 다 쏟아진다. ② 설사 안 쏟아진다 해도, 더운물과 찬물이 섞이면 미지근한 물이 되기 때문에 병 속의 공기가 액화되지 않는다. ③ 설사 액화된다 해도, 병을 비워놓지 않으면 접시물이 빨려 올라올 공간이 없기 때문에 그런 짓은 하나마나다)

(2) 입 안 대고 풍선 불기

플라스크 안에 풍선을 불어넣을 수 있을까? 그것도 입을 안 대고? 게다가 풍선 주둥이를 묶지 않아도 모양이 그대로 유지된다면? 안 될 것 같지만, 노빈손의 사전에 불가능은 없다. 여기 그 비결을 공개한다.

일단 플라스크에 물을 넣고 가열한 다음 물이 끓기 시작할 때 입구에 풍선을 끼운다. 그러면 팽창한 공기로 인해 풍선이 부풀어 오른다. 그런 다음 플라스크를 찬물에 담가 식히면 수증기가 액화되어 물이 되면서 플라스크 내부가 거의 진공상태가 된다. 안팎의 기압 차이로 인해 풍선이 플라스크 안으로 빨려 들어가고, 외부의 기압이 풍선을 고르게 눌러주기 때문에 풍선이 플라스크 안쪽 벽으로 예쁘게 달라붙는다.

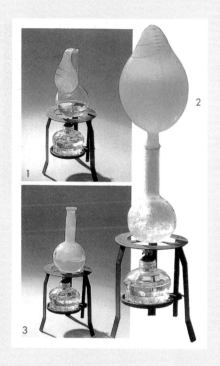

(3) 찬물로 물 끓이기

찬물로 물을 끓인다고? 아무리 노빈손이지만 너무 심한 거 아닐까? 천만의 말씀, 만만의 콩떡이다. 노빈손이 하면 다 된다.

일단 플라스크에 물을 넣고 가열하다가 부글부글 끓기 시작하면 입구를 꽉 막는다. 그런 다음 플라스크를 거꾸로 세우고 끓음이 가라앉을 때까지 기다린다. 이 상태에서 플라스크 바닥에 찬물을 부으면 신기하게도 물이 다시 끓기 시작한다. 불에 닿아 뜨거워져 있는 바닥에 찬물이 닿으면서 플라스크 내부의 수증기가 액화되고, 당연히 공기가 줄어들면서 기압이 낮아진다. 기압이 낮아지면 끓는점도 낮아지기 때문에 물이 다시 끓기 시작하는 것이다.

　　반대로 기압이 높아지면 끓는점도 높아지는 걸 이용한 것이 바로 압력밥솥. 압력밥솥의 내부 기압은 대기압의 2배인 2기압, 끓는점은 120도. 고온에서 끓으면 빨리 익기 때문에 가스 사용을 줄일 수 있고 맛이 좋아지며 영양소 파괴도 적어진다. 엄마들이 압력밥솥을 좋아하는 데는 다 이유가 있다. 〈사진제공 과학동아〉

"오! 신이여. 제가 정말 이 문제를 풀었단 말입니까."

노빈손은 끊임없이 같은 질문을 던져댔다. 마쿠나이마는 마치 마뻥과리가 목걸이 앞에서 그랬던 것 같은 존경과 흠모의 눈길로 노빈손을 바라보았다.

"푸하하. 모질라요. 이 모질라기 짝이 없는 악당아. 제딴에는 지난 번보다 훨씬 어려운 문제를 냈다고 좋아했겠지? 똑같은 원리로 문제가 해결된다는 건 모르고. 하긴, 그런 걸 알면 조직폭력배가 될 리도 없었겠지만."

노빈손은 끌어올린 금화를 흐뭇한 표정으로 만지작거렸다. 이 돈으로 뭘 할까. 그래, 자우카네 할아버지의 담배를 사는 거야. 아니지, 그럼 모가프네 할머니가 싫어할 테니까 절반은 뚝 떼어내서 할머니의 기침약을 사자. 남는 잔돈은 내가 가져야지.

"저, 빈손이 형."

"엥? 너 지금 뭐라구 했냐?"

"형이라구 했는데요."

"임마, 정신차려. 너 왜 그래? 내가 왜 니 형이야?"

"오늘부터 형으로 모시기로 했어요."

"왜?"

"멋있으니깐요. 머리도 좋고 마음도 착하고 정글도 사랑하고 또…… 하여튼 멋있어요."

"이거야 원. 다 맞는 말이긴 하지만……."

금화의 나이는 2천7백 살
장식용이나 보석으로만 쓰이던 금이 최초로 화폐의 재료가 된 건 기원전 7세기. 리디아 왕국의 크리이소스 왕에 의해 인류 최초의 금화가 만들어졌다. 서양에서는 기원전 1세기에 로마에서 주조된 '아우레우스'가 가장 오래된 금화로 꼽힌다. 로마의 붕괴와 함께 사라졌던 금화는 중세 유럽에서 재등장했으며, 13~14세기에 유통된 '플로린'은 대표적인 중세의 금화.

기압계 발명에 얽힌 뒷얘기
기압계를 발명한 사람은 파스칼이지만 정작 그 기압계를 최초로 이용한 사람은 파스칼이 아니다. 기압계를 들고 산꼭대기로 올라가서 수은주의 하강을 눈으로 확인한 첫 주인공은 파스칼의 처남 아무개 씨. 이름을 공개하지 않는 이유는 그 처남의 이름이 기록에 남아 있지 않기 때문이다. 파스칼의 몸이 불편했던 탓에 대신 올라갔다고는 하지만 어쨌든 그 처남은 좀 불쌍하게 됐다. 고생은 혼자 해놓고 명성은 얻지 못한 처남으로 인해 어쩌면 파스칼은 아내(처남의 누나)와 심한 부부싸움을 했을지도 모른다.

마쿠나이마는 노빈손에 대한 존경심이 뼈에 사무친 나머지 스스로 동생이 되길 자처하고 나선 것이었다. 아마존의 미래를 위한 모험을 함께 거치며 둘은 어느새 앙숙에서 친구로, 그리고 이젠 서로를 인정하고 존경하는 다정한 형제로 변해 있었다.

"근데 형. 저 동전은 어떻게 꺼냈어요?"

"아, 그거? 그냥 간단하게 기압을 이용했지 뭐."

"기압이 뭔데요?"

"에, 기압이란 공기가 누르는 힘인데…… 이러쿵 하면 계란이 내려가고 저러쿵 하면 동전이 올라오고…… 대충 알겠지?"

"알 듯 모를 듯해요. 어쨌든 형은 멋있어요. 천재예요. 최고예요."

"그래 그래. 나도 알아."

"존경합니다, 형님."

"그래. 계속 존경해라 아그야."

아마존의 순정

"이건 말도 안돼요. 약속이 틀리잖아요."

"닥쳐. 난 절대 저 마호가니를 포기할 수 없어. 그러니까 잠자코 있으라구. 캬캬ㅡ."

모질라요는 약속을 어기고서도 마냥 태연한 얼굴이었다. 아무래도 처음부터 약속을 지킬 생각이 없었던 것 같았다. 그는 굴비두름처럼 나란히 묶여 있는 노빈손과 마쿠나이마를 통쾌한 듯 쳐다본 뒤 큰 소리로 부하 한 명을 불렀다.

"다팔리오. 이놈들을 끌고 가."

"알겠습니다요, 형님."

"그리고 네 아우 모팔리오 좀 제대로 가르쳐. 대체 왜 그렇게 장사를 못해? 죽어라 나무 베고 사냥하면 뭐하냐구. 팔아서 돈을 만들어 와야지."

"죄송합니다요, 형님."

"너 혼자 다 팔아봐야 소용없어. 쌍둥이끼리 그렇게 달라서야 원⋯⋯."

다팔리오는 노빈손과 마쿠나이마를 좁은 창고로 끌고 간 뒤 밖에서 문을 잠가 버렸다. 어떻게든 탈출을 궁리해야 했지만 이번만은 노빈손으로서도 방법이 없었다. 온 몸이 꽁꽁 묶인 탓에 손끝 하나도 제대로 움직일 수 없는 상황이었던 것이다.

갑자기 문이 벌컥 열리더니 모질라요가 들어왔다. 그는 거만한 표정으로 두 사람을 쓱 훑어본 다음 술냄새를 풍기며 말했다.

215

잔머리와 뇌의 관계는?
인간의 대뇌는 좌뇌와 우뇌
로 나뉘며 좌뇌는 몸의 오른
쪽을, 우뇌는 왼쪽을 지배한
다. 왼손잡이보다 오른손잡
이가 더 많은 것은 대부분의
사람들이 우뇌보다 좌뇌가
더 발달해 있기 때문. 좌뇌
에는 언어활동을 조정하는
언어중추가 있으며 분석 ·
추리 · 계산 등도 모두 좌뇌
의 영역이다. 이와 달리 우
뇌는 정서적 · 예술적 능력
과 관계가 깊은 것으로 알려
져 있다. '잔머리'는 순간적
인 판단력이나 계산능력을
요구하므로 좌뇌의 능력으
로 봐야 할 듯. 하지만 잔머
리 잘 굴리는 사람들의 뇌세
포나 뇌주름이 남들보다 더
자잘하다는 증거는 전혀 발
견된 바 없다.

"다팔리오. 넌 밖에서 밤새 이놈들을 지켜."

"알겠습니다요, 형님."

"특히 저 얌생이처럼 생긴 놈을 잘 지켜. 잔머리 엄청 굴리는 놈이니까. 너 이놈, 어디 한번 달아나 봐라. 고추를 따버리고 대신 무말랭이를 달아줄 테다. 캬캬캬—."

"……."

"모팔리오. 넌 저쪽 길목에서 지키고 있다가 이놈들이 달아나거든 즉시 북을 쳐서 그 사실을 알려."

"알겠습니다요, 형님."

"나머지는 아침 일찍 마호가니를 베러 가는 거야. 그 괴물이 또 나타나거든 기관총으로 벌집을 만들어 버리자구. 캬캬캬—."

노빈손은 입술을 꼭 깨물었다. 저렇게 이중으로 감시를 하는 상태에서는 설사 밧줄을 풀더라도 탈출은 실패할 게 뻔했다. 게다가 놈들이 기관총으로 무장했다면 마뻥과리가 돌아와 마호가니 신목을 지킨다 해도 결과를 장담할 수 없는 일이었다.

"꼬마들아, 좋은 꿈 꿔라. 내일부터는 고생길이 활짝 열릴 테니까. 내일 네놈들을 노예로 팔아버리기로 했거든. 캬캬캬오—."

모질라요는 오늘따라 더욱 음산하게 웃으며 밖으로 사라졌다. 철커덕—. 다팔리오가 자물쇠를 채우는 소리가 둔탁

하게 들려왔다.

그날 밤. 북을 지키고 있는 모팔리오에게 누군가 다가와 뭔가를 건넸다. 그로부터 두어 시간 후, 모팔리오는 어디론가 황급히 사라졌다가 잠시 후 돌아왔다.

그 다음엔 창고를 지키고 있던 다팔리오에게 누군가 다가와 뭔가를 건넸다. 잠시 후, 다팔리오는 갑자기 늘어지게 하품을 하더니 꾸벅꾸벅 졸기 시작했다. 그러자 누군가 다가와 살며시 다팔리오의 주머니를 뒤졌다.

뭔가 복잡한 일이 다베라족의 소굴에서 벌어지고 있었다.

철커덕ㅡ.

"엇! 누구야!"

"쉿! 조용히 해요."

문을 열고 들어온 사람은 뜻밖에도 모질라네였다. 그녀는 칼로 두 사람이 묶인 밧줄을 힘겹게 끊어냈다. 노빈손은 영문을 알 수 없었지만 일단은 밧줄을 풀어야 했기 때문에 모질라네가 하는 대로 조용히 몸을 맡겼다.

창고를 빠져 나온 모질라네는 조심스럽게 자물쇠를 채운 뒤 열쇠를 다팔리오의 주머니에 넣었다. 그리고는 노빈손과 마쿠나이마에게 어서 가라는 듯한 손짓을 보냈다. 다팔리오는 마치 새가 모이를 쪼듯 머리를 끄덕거려가며 꾸벅 설사는 왜 나올까?
장 속의 세포들이 뭔가에 자극을 받아 과민해지면 연동운동이 비정상적으로 빨라지기 때문에 수분이 채 흡수되지 않은 상태에서 음식물이 빠른 속도로 직장으로 이동한다. 그로 인해 성급하게 밀려나오는 배설물이 바로 '물기 많은 똥', 즉 설사다. 주요 원인은 물 속의 바이러스, 음식 과민증이나 알레르기(우유가 대표적), 알코올, 스트레스, 과민성 대장증후군 등이다.

꾸벅 졸고 있었다.

"모질라네. 이게 무슨 짓이야. 아빠가 알면 어쩌려고……"

"괜찮으니까 빨리 가요. 들키면 끝장이에요."

모질라네는 단 1초라도 빨리 도망치라는 듯 자꾸만 노빈손을 떠밀었다. 행여 누가 들을세라 소근소근 말하는 목소리에는 축축한 물기가 묻어 있었다. 어깨가 가늘게 떨리는 것도 단지 긴장했기 때문만은 아닌 것 같았다.

"소용없어. 네 뜻은 고맙지만……"

노빈손이 고개를 저으며 침울하게 말했다.

"모팔리오가 길목을 지키고 있어. 우릴 보면 곧바로 북을 칠 거고, 그럼 기관총을 든 사람들이 새카맣게 쏟아져 나올 거야. 그러니까 우리 걱정일랑 말고 너나 빨리 돌아가. 사람들 눈에 띄기 전에."

"북은 울리지 않아요. 그러니까 빨리 가요."

"안 울린다구? 어째서?"

"내가 찢었으니까요."

"뭐? 네가?"

"아까 모팔리오한테 설사가 나오는 약을 섞은 술을 갖다 줬어요. 그런 다음 화장실 간 사이에 몰래…… 다팔리오에게는 수면제를 먹였구요. 그러니까 빨리 가요. 모팔리오 한 사람쯤은 이길 수 있잖아요?"

자명고에 얽힌 사랑과 죽음
낙랑공주는 고구려와 적대 관계에 있던 낙랑태수 최리의 딸이다. 고구려 대무신왕의 아들인 호동과 사랑에 빠져 낙랑의 보물인 자명고(외적이 침입하면 저절로 울리는 북)를 찢었고, 호동은 그 덕분에 낙랑을 정복하는 전과를 올릴 수 있었다. 아버지를 배신한 낙랑공주는 결국 아버지에게 죽음을 당하게 된다. 서기 32년에 일어났던 이 비극적인 로맨스는 지금까지도 각종 공연의 단골 소재로 쓰이고 있다.

"모질라네. 너 정말……."

"아참, 모팔리오를 너무 심하게 때리진 말아요. 알고 보면 착한 사람이에요. 어려서 고아가 되는 바람에 불량배가 되긴 했지만요."

노빈손은 어쩔 줄을 모른 채 모질라네를 묵묵히 쳐다보았다. 낙랑공주가 호동왕자를 위해 자명고를 찢었다는 얘기 진작부터 알고 있었지만 설마 그런 일이 자기에게도 생길 줄이야……. 모질라네가 애타는 표정으로 떠밀었지만 노빈손은 차마 발걸음이 떨어지지 않는 듯 그 자리에서 머뭇거리고 있었다.

"오빠, 제발 가요."

"그래요, 형. 모질라네의 정성을 봐서라도 가야 해요."

노빈손은 결국 모질라네를 뒤로 한 채 걸음을 옮기기 시작했다. 등에 또다시 모질라네의 눈길이 느껴졌지만 이번엔 그전처럼 따갑다는 느낌은 들지 않았다.

다팔리오는 졸다 말고 옆으로 쿵 넘어지는 바람에 흠칫 잠에서 깨어났다. 자물쇠는 튼튼하게 잠겨 있었고 열쇠는 주머니에 그대로 있었다. 음, 아무 일 없군……. 잠시 꼿꼿하던 그의 고개가 다시 아래로 툭 떨어졌다.

모팔리오는 마치 귀신이라도 본 듯한 표정을 지었다. 꽁꽁 묶여 있어야 할 녀석들이 느닷없이 눈앞에 나타났던 것이다. 저놈들이 탈출을? 그는 재빨리 북채를 들고 북을 힘

강펀치의 출발점은 다리와 허리

강한 주먹의 3요소는 힘과 스피드, 그리고 정확성이다. 팔에 알통(이두박근)이 울퉁불퉁하면 힘도 세고 주먹도 강할 것 같지만 사실은 어깨 부근의 삼두박근이 펀치력에 훨씬 더 많은 영향을 미친다. 축이 되는 하체, 특히 무릎과 발목의 힘도 중요하고 허리의 유연성도 펀치력과 밀접한 관련이 있다.

껏 내리쳤다.

틱―.

"어렵쇼? 다시!"

틱틱―.

1초 후, 모팔리오는 자기가 친 북소리를 자장가처럼 들으며 땅바닥에 길게 드러누웠다. 아마존 전사 마쿠나이마의 환상적인 강펀치였다. 마쿠나이마는 모질라네의 부탁을 잊지 않은 듯 모팔리오를 최대한 살살 때렸다.

그들의 탈출 이후, 마호가니 신목 근처에서는 여러 종류의 울음이 다양하게 터졌다.

220

모질라네는 노빈손이 그리워서 울었다.

다팔리오와 모팔리오는 모질라요에게 신나게 얻어맞고 조직에서 쫓겨나며 울었다.

마호가니 신목으로 돌아온 마삥과리는 원래 울부짖으며 다니는 괴물이었기 때문에 평소에 하던 대로 그냥 울었다.

모질라요는 세 번 울었다. 처음엔 노빈손과 마쿠나이마를 놓친 게 분해서 울었고, 마삥과리가 나타나 부하들의 기관총을 빼앗아 버리는 바람에 총값이 아까워서 울었고, 값비싼 마호가니를 베지 못한 게 억울해서 울었다.

마지막으로, 정글 속에서 원숭이들과 개구리들과 새들이 울었다.

새들의 천국 아마존
아마존은 새들의 천국이다. 정글 속에서 사는 새들과 물가에서 사는 새, 그리고 초원(빤따날)에서 사는 새의 종류가 각기 다르며, 모두 합치면 최소한 3천여 종은 되리라는 것이 조류학자들의 추측이다. 이는 지구 전체에 살고 있는 조류의 거의 절반을 차지하는 엄청난 숫자다. 몇몇 학자들은 아마존 조류가 5~6천 종에 달한다는 주장을 내놓기도 한다. 땅과 물, 그리고 하늘에 이르기까지 어느 한 곳 빼놓을 수 없는 지구 생태계의 보물 창고가 바로 아마존이다.

생명의 동굴

생명의 동굴을 찾아가기 위해서는 꼼꼼한 사전 준비가 필요했다. 노빈손과 마쿠나이마는 일단 모질라요의 방해로 실패했던 마호가니 신목 키재기를 다시 시도했다. 그런 다음 그 높이의 열 배가 되는 긴 밧줄을 준비했다.

노빈손은 밧줄의 한쪽 끝을 마호가니 신목에 묶은 뒤 둘둘 말아 어깨에 걸쳤다. 그 밧줄이 다 풀릴 때까지 남쪽으로 가면 '길잡이 별 쪽으로 열 걸음'이 되는 것이다. 마쿠나이마가 남십자성으로 방향을 가늠하며 앞장서서 걷기 시작했다.

밧줄이 다 풀린 장소는 작은 그루터기였다. 거기에서 '해지는 쪽으로 세 걸음'을 가려면 두 가지가 필요했다. 첫째는 밧줄을 걷어다가 3/10 길이로 자르는 것, 그리고 둘째는 서쪽 방향을 정확히 파악하는 것. 마쿠나이마가 앞의 일을 맡고 노빈손이 뒤의 일을 맡기로 했다.

"뭐야. 난 밧줄 다 걷어 왔는데 형은 왜 아무것도 안해?"

"내일 하려구."

"이런 게으름뱅이. 하는 김에 후딱 해버릴 것이지. 그걸 또 내일로 미뤄?"

"바보야, 모르면 가만히 있어. 내가 맡은 일은 밤엔 못한단 말야."

"왜 못해?"

"해가 떠야 할 거 아냐, 해가. 그래야 그림자로 동서남북을 찾지."

짜식이 말야, 뭣도 모르면서 형을 게으름뱅이 취급하고 있어……. 노빈손은 아우의 머리를 가볍게 쥐어박았다. 마쿠나이마의 머리에선 신기하게도 이런 소리가 났다.

텅ㅡ 텅ㅡ.

다음날, 노빈손은 무인도에서의 기억을 새록새록 되살려 가며 '퀴즈! 동서남북'을 리바이벌했다(이 방법이 궁금하면 노빈손의 무인도 탐험을 그린 〈로빈슨크루소 따라잡기〉 60쪽을 볼 것. 사도 되고 서점에서 그냥 구경만 해도 된다). 그리고 보무도 당당하게 서쪽으로 걸음을 옮기기 시작했다. 서쪽으로의 세 걸음이 끝나는 장소는 맑은 물이 솟아오르는 작은 옹달샘이었다.

며칠 뒤, 탐스러운 보름달이 아마존의 정글을 밝히며 환하게 떠올랐다.

다시 보는 '퀴즈 동서남북' 서점에 갈 시간이 없는 독자들을 위해 간단히 '퀴즈 동서남북'을 설명한다. 땅에 막대를 세워 놓으면 오전과 오후에 한 번씩 길이가 똑같은 그림자가 생긴다. 이는 해의 위치가 궤도상에서 정확히 반대편이 된다는 뜻. 그러므로 두 개의 그림자 끝을 선으로 연결하면 바로 그게 정동과 정서를 잇는 직선이 된다. 그림자는 해의 반대편에 생기므로 오전에 생긴 그림자 끝이 서쪽이고 오후 그림자의 끝이 동쪽이다.

노빈손이 히프미테의 목걸이를 끌러 머리 위로 치켜들었다. 달빛에 반사된 초승달에서 아름다운 은빛 광채가 뻗어나가기 시작했다. 제 눈물을 뿌려 아마존 강을 만들었다는 보름달. 그리고 아마존 여인왕국의 상징인 초승달. 그 두 개의 달이 정글의 하늘과 땅에서 제각기 빛과 정기를 흩뿌리고 있었다.

"동굴지기가 마중을 나올 때가 됐는데……."

노빈손의 마음이 조금씩 초조해지기 시작할 무렵, 귀에 익은 소리와 코에 익은 냄새가 동시에 그들에게 다가왔다. 그리고 잠시 후, 눈에 익은 모습이 그들 앞에 모습을 드러냈다.

끄어어 − 끄어끄어 −.

223

마삥과리였다. 그가 달빛에 반사된 초승달의 은빛 광채를 보고 어디선가 쏜살같이 달려 왔던 것이다. 그는 이제 더 이상 아마존의 흉칙한 괴물이 아니었다. 신의 뜻을 받들어 생명의 동굴을 지키는 거룩한 동굴지기였다.

마삥과리는 반갑다는 듯 이빨을 드러내며 히죽히죽 웃었다. 그러더니 손짓 발짓을 섞어가며 두 사람에게 뭔가 이야기를 하기 시작했다.

"끄끄— 까아우우우." (번역 : 신탁을 다 푸신 것을 감축드리옵니다)

"윽! 또 시작이다."

"끄아 까아아오." (번역 : 쉰네를 따라오시지요)

"대체 뭐라는 거야? 이거야 원 답답해서……."

"따라오라는 거 같은데?"

마쿠나이마는 마삥과리의 몸짓을 보고 그가 뭘 말하는지를 대번에 알아차렸다. 어서 앞장서라는 듯한 신호를 보내자 마삥과리는 고개를 끄덕이더니 곧바로 둘을 어딘가로 인도하기 시작했다.

태초부터 지금까지 단 한 사람의 발길도 닿지 않았을 것 같은 울창한 열대림. 그리고 날짐승도 건너가기 힘들 것 같은 험난한 계곡. 정글과 산이 서로 경계를 이루며 맞닿은 곳에 폭포가 하얗게 부서지는 거대한 암벽 하나가 있었다.

그리고 바로 거기, 생명의 동굴이 있었다.

아아! 가이아 여신이여!

"우와—."

"이게 다 뭐야?"

동굴 속에는 놀라운 풍경이 펼쳐져 있었다. 무수하게 많은 동물들이 종류별로 두 마리씩 짝을 지은 채 동굴 안팎을 드나들며 노닐고 있었던 것이다.

아마존의 깃대종 맥의 모습이 보였다. 설치류 중 가장 크다는 카피바라의 모습도 보였다. ET처럼 생긴 나무늘보가 느릿느릿 걸어다녔고, 아마존 멧돼지 페커리가 콧김을 내

쥐의 제왕 카피바라

아마존 카피바라는 설치류(쥐) 중에서 가장 몸집이 큰 수퍼울트라 쥐. 몸 길이 1.3m에 몸무게가 80kg이나 되는 쥐의 제왕이다. 새앙쥐, 집쥐, 혹은 서울쥐 시골쥐와 마찬가지로 밤에만 주로 활동하는 야행성 동물이며, 발에 물갈퀴가 달려 있기 때문에 물 속에서도 생선들에게 기죽지 않는다. 수생식물들을 주로 먹고 사는 카피바라의 앞니 너비는 약 5cm. 가끔은 물 속에서도 짝짓기를 할 정도로 물을 좋아하는 수륙양용 마우스다.

노아의 방주란?
노아는 구약성경의 〈창세기〉에 나오는 대홍수 이야기의 주인공. 아담의 9대 후손이며 의로운 인간의 상징이다. 인간의 타락에 분노하여 세상을 멸하기로 결심한 하나님은 노아에게 그 사실을 알려준 뒤 큰 배(노아의 방주)를 만들라고 명령한다. 그리고 그 배에 세상의 모든 생물들을 종류대로 암수 1쌍씩 실으라고 명령한다. 마침내 대홍수가 일어나 모든 인류가 멸망했지만 노아와 가족들, 그리고 배에 타고 있던 생물들은 다시 후손을 이어간다. 이 이야기에 의하면 오늘날의 모든 인류는 노아의 세 아들의 후손이다.

뿜으며 분주하게 돌아다녔다. 개미핥기가 털을 고르는 옆에서는 인디오들이 숭배하는 검은 재규어가 늘어지게 낮잠을 자고 있었다.

"저거 봐. 황금사자 타마린이다."

노빈손의 손길이 닿는 곳. 황금색으로 빛나는 타마린 두 마리가 다정하게 서로의 털을 부비고 있었다. 마쿠나이마는 녀석들이 마삥과리의 어깨 위에 앉아 있던 바로 그 원숭이들임을 한눈에 알아보았다.

"그랬었구나."

"뭐가?"

"여기가 왜 생명의 동굴인지 알겠어. 여긴 멸종 위기에 놓인 아마존의 동물들을 보존하고 종자를 잇는 곳이야. 그래서 저렇게 두 마리씩 짝을 지워 놓은 거야. 그래야 새끼를 낳고 번식을 할 수 있을 테니까."

"히야아, 완전히 노아의 방주로구나."

"과연 신다워. 인간들은 꿈도 못 꿀 일이야."

"근데 저 많은 동물들을 대체 누가 데려왔을까?"

"당연히 마삥과리지. 여기에서 태어난 새끼가 어느 정도 자랐을 때 다시 정글로 데려다주는 것도 마삥과리일 테고. 아아, 녀석이 그렇게 훌륭한 일을 하고 있었을 줄이야."

"그러게 누구든지 얼굴만 보고 판단하면 안 된다니까."

"그건 맞는 말이야. 형도 얼굴 때문에 남들한테 오해 많

226

이 받지?"

"뭐가 어째?"

마쿠나이마는 노빈손의 붉으락푸르락하는 얼굴을 재미있다는 듯 바라보다가 문득 좌우를 둘러보며 말했다.

"생명의 동굴이면 당연히 식물들도 있을 텐데?"

"맞아. 식물이 없는 아마존은 상상할 수도 없지."

"식물은 동굴에선 살 수가 없으니까 밖에 있겠구나."

마쿠나이마는 빠른 걸음으로 동굴 밖으로 걸어나갔다. 뒤쫓아가는 노빈손의 귀에 황홀한 듯 탄성을 질러대는 마쿠나이마의 목소리가 들렸다.

"왜 그래?"

"저기 좀 봐. 저 근사한 풍경을."

마쿠나이마가 동굴 맞은 편을 손으로 가리켰다. 조금 전에 무심히 지나쳤던 그곳은 이제 보니 무수하게 많은 희귀 식물들의 집합처였다. 나무와 풀과 꽃과 덩굴식물들이 서로 어우러진 채 그림 같은 풍경을 자아내고 있었다. 거의 멸종된 것으로 알려진 빠우 브라질 나무도 있었고, 그 유명한 '샤넬 No.5' 향수의 원료라는 빠우 로자도 보였다.

"근데 나무는 어떻게 종자를 잇지? 동물들이야 새끼를 낳으면 된다지만."

"저거야."

마쿠나이마가 또 한 곳을 손으로 가리켰다. 거기엔 이제

빠우 브라질과 빠우 로자
빠우 브라질은 브라질이라는 국명의 유래가 된 유명한 나무. 포르투갈 정복자들이 브라질에 도착했던 1500년 이후 최고급 염료의 재료로 유럽에 널리 알려졌으며, 그 유명세에 힘입어 나라 이름까지 '브라질'로 바뀌었다. 하지만 수백 년간의 무자비한 벌목에 의해 지금은 멸종 위기에 직면해 있으며, 브라질 국민들의 90% 이상은 이 나무를 본 적이 없다고 한다. '샤넬 넘버 5'의 원료로 유명한 빠우 로자 역시 1995년에 '멸종 위기에 처한 나무' 명단에 오른 희귀종.

막 뿌리를 내리기 시작한 어린 나무들과 사람으로 치자면 소년기에 들어선 젊은 나무들이 씩씩하게 자라나고 있었다. 바람에 날리거나 혹은 동물들의 배설물을 통해 땅에 닿은 씨앗들이었으리라. 인간들의 욕심이 닿지 않는 곳에서 식물들은 저렇듯 자기들의 방식대로 녹색의 천국을 만들어내고 있었던 것이다.

"남은 건 물고기랑 파충류네? 그건 어디 있지?"

"아까 보니까 동굴 안으로 물이 흐르는 거 같던데."

둘은 다시 동굴 안으로 들어왔다. 어디선가 흘러 들어온 물이 제법 넓은 물줄기를 이루며 흘러가고 있었다. 수생식물들이 가득한 그 물줄기 주변으로 크고 작은 파충류들이 떼지어 오가는 게 보였다. 물 속에서는 가끔 팔뚝만한 물고기들이 비늘을 번뜩이며 뛰어올랐다.

"놀라워. 동굴 속에 이런 세계가 존재할 수 있다니."

"하지만 어쩌면 슬픈 일인지도 몰라. 따지고 보면 이 생물들은 지금 숨어 있는 거잖아. 자기들이 원래 살아야 할 세상에서 쫓겨난 채 말야."

"하긴 그렇구나. 좋아할 일이 아니었어."

태초의 세상은 모든 생물들의 낙원이었을 텐데. 그래서 신이 보기에도 아주 좋았었다고 하던데. 어쩌다가 이렇게 동식물을 동굴 속에 숨겨야 할 정도로 황폐해졌을까. 노빈손은 신이 이 동굴을 만들 때 굉장히 가슴이 아팠을 거라는 생각이 들었다.

"어머니의 병을 고치려면 생명의 동굴을 찾아야 한다고 그랬었지. 이젠 그 말이 무슨 뜻이었는지 알 것 같아."

동굴 속을 둘러보는 노빈손의 눈빛이 조금씩 차분해지고 있었다.

동굴 속에 신이 남긴 특별한 지시나 처방이 없음을 확인하는 데는 그리 오랜 시간이 필요하지 않았다. 마쿠나이마는 혹시 무슨 글씨라도 적혀 있지 않을까 싶어서 벽과 바닥과 천장까지 일일이 확인했지만 노빈손은 애초부터 그런 기대는 하지 않고 있었다. 실망스러움이 역력한 마쿠나이마와는 달리 그의 표정은 마치 호수처럼 담담했다.

"자연의 병은 사람이 앓는 병이랑은 다르잖아. 특효약 같은 건 존재하지 않는다구."

"하지만 생명의 동굴에 오면 분명히 답이 있을 거라고 그랬잖아."

"그 말대로야. 이 동굴에 답이 있어. 신은 절대 거짓말을 한 게 아니야."

"대체 어디에 무슨 답이 있다는 거야?"

"답이 꼭 글씨나 그림으로 있어야 되냐? 바로 이 동굴 전체가 해답이야."

"전체라니?"

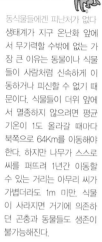

동식물들에겐 피난처가 없다 생태계가 지구 온난화 앞에서 무기력할 수밖에 없는 가장 큰 이유는 동물이나 식물들이 사람처럼 신속하게 이동하거나 피신할 수 없기 때문이다. 식물들이 더위 앞에서 멸종하지 않으려면 평균 기온이 1도 올라갈 때마다 북쪽으로 64Km를 이동해야 한다. 하지만 나무가 스스로 씨를 퍼뜨려 1년간 이동할 수 있는 거리는 아무리 씨가 가볍더라도 1m 미만. 식물이 사라지면 거기에 의존하던 곤충과 동물들도 생존이 불가능해진다.

"저 사랑스러운 동물들, 저 아름다운 식물들. 우린 저걸 보면서 아름다움을 느꼈고 황홀함을 느꼈어. 그리고 저것들이 원래 있어야 할 자리에 있지 못한 것에 대해 안타까움을 느꼈어. 적어도 난 그랬다구. 넌 어때?"

"그야 나도 마찬가지지."

"거봐. 동굴은 우리한테 그걸 가르쳐 준 거야. 자연은 애초의 모습 그대로 존재할 때 가장 아름답다는 사실을. 우린 망가지고 황폐해진 자연을 다시 원래대로 되돌려야 해. 바로 그게 어머니의 병을 고치는 유일한 방법이야."

"하지만……"

"신탁은 무슨 특별한 해답을 주기 위한 게 아니었어. 우리가 살고 있는 세상이 얼마나 못 쓰게 변해 가고 있는지 말해 줬을 뿐이야. 마마프네의 얘기를 들으면서 난 그걸 어렴풋이 깨달았어. 신은 우리에게 깨달음과 뉘우침을 원하고 있다는 걸. 신탁을 한 구절씩 풀어갈 때마다 우리가 얼마나 많은 것들을 느끼고 배웠는지 생각해 봐. 신이 원한 건 바로 그거였던 거야."

"하지만 히프미테는 엄청 기대하고 있을 텐데……."

"돌아가면 히프미테에게 이렇게 말할 거야. 아마존 여인왕국은 아마존의 자연과 운명을 함께 하는 거라고. 만신창이가 된 아마존의 강과 정글이 되살아날 때 히프미테의 왕국도 다시 부활할 수 있을 거라고 말야."

"그래도 난 여기 오면 뭔가 쌈빡한 게 있을 줄 알았어. 히프미테도 똑같을걸?"

"그럼 이렇게 얘기하지 뭐. 동굴 천장에 엄청 쌈빡한 모범답안이 적혀 있었다고. 그 내용은……."

노빈손이 빙그레 웃으며 말했다.

"'아마존 전체를 생명의 동굴로 만들어라'였다고 말야. 멋있지 않냐, 아그야?"

"멋있습니다요, 형님."

마쿠나이마의 얼굴에 다시 웃음이 피어올랐다.

간단하지만 소중한 깨달음을 전해 준 동굴이었다. 떠나기가 싫을 정도로 아름답고 신비한 동굴이기도 했다. 하지만 이제 여긴 신과 마뼁과리에게 맡기고 그들은 다시 동굴 밖으로 나가야 했다. 아마존 전체를 이곳처럼 바꾸기 위해. 둘은 몇 번이나 뒤를 돌아보면서 동굴 입구를 향해 천천히 걸음을 옮기기 시작했다.

앵무새가 날아온 건 바로 그때였다. 자기와 앙숙지간인 그 앵무새를 보는 순간, 노빈손은 기겁을 하며 머리 위로 재빨리 손을 가져갔다. 몇 가닥 안 남은 소중한 머리카락을 녀석의 날카로운 부리로부터 보호하기 위해서였다.

"간만이다! 간만이다!"

앵무새는 마음에도 없는 인사를 한 뒤 노빈손의 발치에

환경 명언 : "자연은 요술쟁이가 아니다"

"황금알을 낳는 거위가 있습니다. 아마도 우리는 자연을 이 요술 이야기 대하듯 믿었나 봅니다. 오늘 이만큼 훼손해도 내일 또 그만큼의 생명을 갖고 태어나리라 보았기에 겁없이 잘라내고, 파헤치고, 지배하면서 더럽혔던 것입니다. 그러나 욕심이 지나친 주인 탓에 거위의 황금알이 다 사라진 것처럼, 이제 자연도 인간도 필요충분 조건인 서로를 위해 생명 나눌 여유를 다 잃었습니다……." 1993년에 월간 《환경운동》 창간준비호에 실렸던 글이다.

뭔가를 툭 떨어뜨렸다. 마호가니 신목 속에 있던 것과 똑같은 돌돌 말린 양피지였다.

"뭐야, 이게?"

"편지다! 편지다!"

"무슨 편지?"

"보면 안다! 보면 안다!"

대체 누가 나한테 편지를? 히프미테가 보냈나? 혹시 빠제랑 결혼한다는 청첩장 아냐? 노빈손은 고개를 갸웃거리며 양피지를 주워들었다.

어머니의 피를 맑게 하라.

어머니의 살을 기름지게 하라.

어머니의 가슴을 시원하게 하라.

모든 자식들은 어머니에게서 태어나

어머니의 품에서 살다가 다시 태어난 곳으로 돌아가리니

어머니 건강을 해치는 자에겐 돌아갈 곳이 없으리라

자연을 소중히 여기어라

그것은 조상으로부터 물려받은 것이 아니라

후손으로부터 잠시 빌려온 것이다

읽기를 마친 노빈손은 빙그레 웃으며 마치 번역을 하듯 그 글들을 바꿔 읽었다.

"강을 맑게 하라, 대지를 기름지게 하라, 숲을 시원하게 하라, 모든 인간들은 대지에서 태어나 대지에서 살다가 다시 대지로 돌아가리니, 자연의 질서를 망가뜨리는 사람에겐 돌아갈 곳이 없으리라……."

"우와, 신탁 몇 번 풀더니 도사가 다 됐네?"

모처럼 마쿠나이마가 칭찬을 건넸지만 노빈손은 그 말을 듣지 못했다. 마지막 세 줄의 글이 마치 칼로 새긴 것처럼 또렷하게 가슴에 파고들었기 때문이다. 그는 감동한 표정으로 그 의미를 다시 되뇌어 보았다.

"맞아. 자연은 과거로부터 물려받은 게 아니라 미래로부터 빌려온 거야. 모두가 그런 생각으로 산다면 풀 한 포기라도 함부로 대하지 않을 텐데."

노빈손은 다시 한 번 양피지를 들여다본 뒤 정성스럽게 말았다. 그리고는 근처에서 빙빙 돌며 뭔가 기회를 엿보고 있는 앵무새에게 물었다.

"이 편지를 내게 전하라고 한 사람이 누구지?"

그러자 앵무새가 갑자기 엄숙한 표정을 지으면서 노빈손을 노려보았다. 무엄하게시리 네가 감히 그 분의 존함을 묻느냐는 듯한 눈빛이었다. 그리고는 들려준 이름.

"가이아! 가이아!"

아름다운 이름 가이아. 그녀는 자연을 빚고 생명을 불어넣은 위대한 대지의 여신이었다.

가이아 이론 ; "지구는 살아 있는 어머니!"

가이아는 그리스 신화에 나오는 대지의 여신이다. 서양인들의 의식 속에서 가이아는 언제나 '땅' 혹은 '대지'의 상징으로 존재해 왔다. 땅과 관련된 영어단어 Geography(지리학)나 Geology(지질학) 앞에 붙는 접두사 'geo-'도 가이아(Gaia)의 이름에서 비롯된 것이다.

가이아는 또한 어머니의 상징이기도 하다. 그리스 신화에는 "어머니의 뼈를 공중에 던지라"는 유명한 신탁 구절이 나오는데, 거기에서 어머니의 뼈는 다름아닌 돌멩이다. 땅이 어머니니까 당연히 돌멩이가 뼈가 되는 것이다. 이처럼 대지를 어머니로 여기는 건 동서를 막론하고 대부분의 문화권에서 공통적으로 발견되는 특징이라고 할 수 있다.

'가이아 이론'은 영국의 대기화학자 제임스 러브록이 1979년에 발표한 유명한 환경이론이다. 그는 이 이론을 통해서 예전과는 전혀 다른 독특한 방식으로 지구를 설명했다. 지구는 단순한 땅덩어리가 아니라 하나의 살아 있는 유기체라는 것. 이 이론에 가이아라는 이름을 붙인 것도 지구가 생명체라는 사실을 강조하기 위함이다.

러브록은 지구도 여느 생명체처럼 허파(삼림지대)와 피(강과 바다), 골격(암석), 체온(대기) 등으로 이루어져 있다고 말한다. 그리고 외부 변화에 능동적으로 반응하면서 스스로의 상태를 조정하고 유지하는 능력을 갖고 있다고 말한다. 태양으로부터 오는 에너지의 양이 끊임없이 변했는데도 지구의 기온이 35억 년 간 약 13도로 거의 일정했다는 점, 그리고 대기중의 산소가 6억 년 전부터 21% 수준으로 유지되고 있다는 점 등이 대표적인 증거. 지구의 생물계와 무생물계가 서로 연계하여 일종의 자기조절 시스템을 형성하고 있다는 것이다. 생명체의 생리작용과 흡사한 이런 현상을 그는 '지구 생리학'이라고 부른다.

　　러브록의 주장은 과학자들 사이에 열렬한 찬성과 반대를 동시에 불러일으켰다. 하지만 그가 생명을 바라보는 새로운 시각을 제시하고 자연과 인간의 관계에 대한 진지한 고찰을 유도했다는 점은 누구나 동의한다. 특히 자연(가이아)을 정복의 대상이 아닌 경외의 대상으로 설정함으로써 그 동안의 환경파괴에 대한 반성의 계기를 제공했다는 점은 그의 가장 큰 공로로 꼽히고 있다.

돌아오는 길의 대화

"정말 잘 생각했어, 마쿠나이마. 너처럼 아마존을 사랑하는 용감한 인디오가 아마존의 환경을 지키는 일에 나선다면 아마존은 머지않아 원래의 모습을 되찾을 수 있을 거야."

"고마워. 형도 나와 함께 아마존을 지키면 좋을 텐데."

"난 가족들이 있는 곳으로 돌아가야지. 하지만 한국에서도 할 일은 많아. 그곳의 자연 역시 우리가 고쳐드려야 할 소중한 어머니잖아?"

"근데, 여신 가이아는 자기가 대지를 창조했으면서 왜 직접 나서지 않고 인간들에게 자연을 맡겨두는 걸까? 이렇게 망가뜨릴 줄 뻔히 알면서 말야."

"그야 당연하지. 만든 건 가이아지만 거기에서 살아가는 건 인간이니까. 우리가 망가뜨렸으니 우리 손으로 다시 고쳐야 해. 나중에 후손들한테 빚독촉받지 않으려면 말야."

"아깝다, 나도 부모님이 계셨으면 빚쟁이 노릇 한번 해 보는 건데."

"왜 못해. 빠제도 있고 히프미테도 있잖아. 아마존의 터줏대감 인디오들도 있고. 아마존을 사랑하는 사람은 다 가족이나 마찬가지라고 니가…… 으윽!!"

236

노빈손이 갑자기 머리를 싸매고 데굴데굴 구르며 비명을 질러댔다. 앵무새가 까르르 웃으며 녹색의 정글 위로 날아올랐다.

"복수했다! 복수했다!"

(노빈손의 모험은 후속편 〈버뮤다 어드벤처〉에서 계속됩니다.)

뒷얘기들

−마쿠나이마는 아마존의 환경감시 조직인 이바마 (IBAMA)의 대원이 되었다. 뛰어난 실력 덕분에 조만간 교관으로 승진할 전망이다. 벌목꾼들과 밀렵꾼들에겐 공포의 대상이지만 우이투투족 인디오들에겐 자랑스런 영웅으로 통하고 있다.

−히프미테는 부모를 잃은 어린 여자아이를 데려다가 친손주처럼 키우고 있다. 아이가 건강하게 자라면 나중에 여왕자리를 물려줄 생각이다. 아이의 이름은 노빈손의 부탁에 따라 말숙이라고 지었다. 빠제가 자꾸 추근거리는 통에 골치가 약간 아프다.

−모질라요는 마삥과리에게 겁을 먹은 부하들이 한꺼번에 조직에서 탈퇴하는 바람에 더 이상 두목 노릇을 못 하고 있다. 하지만 요즘도 조직원들을 모으기 위해 틈나는 대로 아마존 벼룩시장에 광고를 낸다.

−모질라네는 한국의 판소리에 매료되어 춘향가를 배우고 있다. 뚝배기 같은 목소리가 판소리에 잘 어울리는 덕분에 장래가 아주 밝은 편이다. 문제는 이몽룡이라는 가사를 자꾸 노빈손으로 바꿔서 부른다는 점이다.

−고아였던 다팔리오와 모팔리오 형제는 자우카네와 모가프네 부부의 양자가 되어 강변에 생선가게를 차렸다. 하지만

다팔리오가 아무리 다 팔아도 모팔리오가 늘 못 팔기 때문에 수입은 별로 신통치 않다.

　─무쟈프네 노인은 간절하게 찾아 헤매던 푸키나 약초를 구했다. 마쿠나이마가 생명의 동굴 근처에서 그 약초를 발견해 전해 준 것이다. 요즘은 '아마존 보호 인디오 연합'이라는 환경단체에 야노마미 부족의 대표로 참가하고 있다.

　─마마프네 노인 역시 같은 단체에 페루 대표로 참석하고 있다. 무쟈프네 노인과는 처음 만났지만 나이와 성격이 비슷해서 아주 친하게 지내고 있다. 가끔은 밤새도록 함께 술을 마시며 노빈손 얘기를 한다.